立川談四楼

七人の弟子

左右社

七人の弟子

目次

七人の弟子

落語立川流 系図

- 家元 立川談志（2011年逝去）
  - 土橋亭里う馬
  - 立川左談次（2018年逝去）
  - 立川談四楼
    - 真打
      - わんだ
    - 二ツ目
      - 寸志
      - だん子
      - 只四楼
      - 琉四楼
      - 半四楼
    - 前座
      - 談声
      - 公四楼
      - 談九
  - 立川ぜん馬
  - 立川龍志
  - 立川談之助
  - 立川志の輔（代表）
  - 立川文都（2009年逝去）
  - 立川談春
  - 立川志らく
  - 立川生志
  - 立川雲水
  - 立川キウイ
  - 立川志遊
  - 立川談慶
  - 立川談笑
  - 立川談修
  - 立川談大（2010年逝去）

2024年9月時点

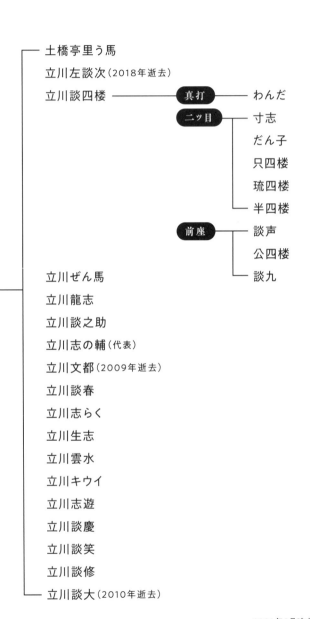

三十九歳ですが

コロナ禍の四年で約三千万円強の収入が失われた。コロナ前の例年から割り出したもので、大きく外れてはいない。落語の公演が日延べとなり、必ずキャンセルになった。やがて依頼もプッツリ途絶えた。

備えあれば憂いなしとは言うが、残念ながら備えはなかった。カネは使えば入ってくるとばかりに消費した。金は天下の回りものと呟きつつ、主に夜の街で。覆水盆に返らずだ。ぎっちり詰まったヤニ煙管《ぎせる》というやつで、まず暮らしが詰まった。生きるには食費と水道光熱費は欠かせない。となると家賃にしわ寄せがくるのは当然だった。二階建ての借家が十七万円、かつてはそこに家族五人で住んだが、長男と次男は独立して出て行き、夫婦と三男で同居していた。カミさんが加齢であろう膝に痛みを抱え、寝室のある二階に上がれなくなり、隣接するアパートの一階に部屋を借りた。これが七万円で、併せて月二十四万円の家賃となるが、楽ではないものの何とか回っていた。

その家賃がコロナ禍で溜まりに溜まって三百万円。だがしかし、トータルは四年で千百五十二万円払う計算で、仕事がまったく途絶えた中で八百万円強を払えたのは奇跡だ。って自慢している場合ではない。もとより家事は好きで、炊事、洗濯、掃除を三男と分担し、食事は隣のアパートに毎度届けた。いつもカミさんの食べたいものをスーパーから電話で聞くのだが、その日は電話に出ず、見繕って買い物をし、帰宅し、食事を整えて届けた。ところがカミさんの呂律が回らない。普段からカミさんは血圧が高めで糖尿の気もある。これは一大事と救急搬送、危惧した通りの脳内出血だった。幸い命はとりとめたものの、左脳の奥に出血があり、右半身に麻痺が残るとの見立てだった。それが二〇二三年の暮れのことだ。

差額ベッド代に泣いた。命に関わるから初期の個室はやむを得ないが、空きがなく、なかなか相部屋に移れない。移ったとしても相部屋は面会が許されない。おい、コロナは五類になり、どっかに消えたのではなかったか。会えることは幸いだが、それは医療費の他に毎日一万五千円が上乗せされることだ。しかし差額ベッド代の効はあった。毎日見てるから、カミさんの表情や口調の変化に気づくのだ。脳内に出血があったのだから無理もない。頓珍漢なやりとりとなる。「お母さんはどうしてる?」と、カミさんが自分の母親のことを聞く。とっくに亡くなってるじゃないか。ではお兄さんは？とこちらから問うと「死んだ。命日は七月七日」という明確な答えで、医師は記憶の斑《まだら》現象ですねと言った。

ようやく相部屋に移ったが、そこにいたのは短期間で、リハビリ専門の病院に移る話が進んだ。ソーシャルワーカーによると、練馬区にそれはあるという。三月初旬、病院から病院への移動に初めて介護タクシーなるものを利用した。車椅子のまま乗れるのだ。タクシー代の一万七千円は痛かったが、転院前日を個室で過ごしたことにしようと自らに言い聞かせた。練馬のリハビリ専門病院は立派な建物だった。出てくる医師や看護師、療法士の説明も以前の病院とは大違いだった。しかし説明を聞くうち青ざめた。月三十万円近くかかるのだ。相部屋でだ。入院は最低で三ヶ月、理想は半年であるという。装具代を含めると計二百万円、頭がクラクラする。カミさんの退院はいつになるか分からないが、退院すれば介護保険が適応されるらしい。私は自身の介護保険料を一銭も払ってない。つまりは適用外だが、それはこの際どうでもいい。とりあえずはこの人の転院を喜ぶのだ。あの人とあの人に百万円と二百万円を個人的に借りている。そこへ以前の病院は残り九十万円を早く払えと言うし、保険料も滞り、実家のある町は固定資産税を云々、もちろん不動産屋は矢の催促だ。あろうことかその不動産屋は入院中のカミさんの携帯にも催促をした。いずれ弁護士に入ってもらうと言ったという。入院を知らないとはいえ、病人に何ということを。こちらは払わないとは一度も言ってない。ない袖は振れないと言ってるだけだ。進退極まった。さあどうするどうする。悔しいのとヤケのやんぱちとで、他を切り詰めても酒とタバコだけはやめないと誓う。


令和五年、二〇二三年の一門新年会は正月二日に、池之端は『東天紅《とうてんこう》』にて催された。久々の開催にどの顔も浮き立っている。立川流代表土橋亭里う馬《どきょうていりば》の年頭挨拶と乾杯の発声があり、祝宴になだれ込む。例年なら酒と料理がほどよく捗ったところで前座や二ツ目の余興が始まるのだが、コロナは下火になったとは言え収束宣言は出ておらず、控えようとの事前の申し合わせがあった。「その代わり」と、司会の若手真打志らちらが声を張った。

「今年は家元の十三回忌、そして立川流創設四十周年の節目の年です。皆さま、一致団結して我が立川流を盛り上げて行こうではありませんか」

一同、おおそうだったと大きな拍手だ。

「引き続き、今年中か来年春かは分かりませんが、二ツ目昇進内定者を発表いたします。談四楼門下六番目の弟子半四楼クンが二ツ目に内定しております。半四楼クン、壇上へどうぞ」

師匠の務めは弟子を真打にすることだが、落語家暮らし五十有余年、あと十年生きれば末弟子半四楼の真打を見届けられると思っていた。ところが半四楼は落語の筋はいいものの、不器用で前座としての仕事がからっきしだった。そのため手がかかり、時間を食った。コロナ禍も手伝い前座らしさが板につくまで五年、暮れにそろそろどうかと言ったら実に嬉しそうな笑顔を見せたので、時期は自分で決めろと言い、二ツ目の内定を出したのだった。

半四楼が紹介されたしばし後、志の輔が手を挙げた。志らがマイクを持って売れっ子の下に駆け付ける。

「ありがとう。司会と打ち合わせもなく、突然ですいません。実は私も弟子の志のぽんを今年か来年中には真打にさせようと思っています」

目で促された志のぽんが客席で立ち上がる。指差した志の輔が、

「あいつです」

たちまち上がる歓声と拍手。真打昇進は二ツ目になるのとはインパクトが違う。指笛までが混じった。オヒラキ間際、その志のぽんが各テーブルを回り、私のところへも挨拶にきた。おめでとう、ずいぶんやってるねと声をかけたが、はい、内定まで二十年かかりましたには驚いた。みんな黙々とキャリアを重ねているのだなあ。

半四楼の二ツ目内定に少しホッとしたせいもある。もちろん新真打の誕生に志の輔が見

せた笑顔を見たのも手伝ったが、その頃から弟子について考えるようになった。談志の十三回忌、立川流創設四十周年の節目も影響している。これまでは談志のことばかり考えてきた。現に私の弟子は六人いるのだが、弟子を持つ師匠としての自覚より、どこまでも談志の弟子としての思いが強かった。しかし十三回忌、四十周年に加え、半四楼が二ツ目になれば、弟子は真打一人、二ツ目五人という一門構成になるのだ。つまり前座がいなくなるわけで、まあひと区切り、後は五人を真打にするのが仕事で、それは何とか達成できるだろう。それで弟子という存在をあらためて考えたのだ。彼らはいかにして私に辿り着いたのかと。私には談志しかいなかった。一本槍だった。弟子にしてもらえなければ他の道を歩んでいたのは確実で、果たして彼らはそこまで思い詰めて弟子入りにきたのだろうか。

弟子気質《かたぎ》。そのようなものがあったとして、それは時代とともに変わるものだろうか。今は情報量がかつてとあまりにも違う。ＳＮＳが発達した現在、師匠とその周辺を詳しく調べて入門を請う者がいる。得意ネタは何か。どこに住んでいるか。弟子となった場合、通いやすいところか。兄弟子となる人は何人いるか。厳しい師匠か優しい師匠か。見た目では分からず、廃《や》めた弟子が何人いるかが目安になったりする。つまり相当絞り込んで入門にくるのだ。

情報のない昔では考えられないことで、かつて選択肢は少なかった。紹介者がいるのは恵まれたケースで、そう、昔は手紙で弟子入りを申し込んだという話も聞いた。遠隔地ゆえ上京が叶わず、やりとりの果ての入門である。それとてレアケースで、多くは直に申し込むより他に手はなかった。情報がないから新聞が頼りだった。そこには各寄席の出番表が載っており、そして寄席には楽屋口があるから、そこで待ち伏せをしたのだ。今は出待ちという便利な言葉があるが、あれはまさしく待ち伏せであった。

高二の春、私は高校のある群馬県太田市の書店で、立川談志の著書『現代落語論』に出会い頭のように巡り合った。ああ、テレビで見るあの威勢のいい人だ。パラリとめくり、いきなり引き込まれた。立ったまま数十ページ読んでしまい、慌ててレジへ走ったのを覚えている。ラジオ全盛時代の演芸の一つである落語には馴染んでいたが、その人の住む世界に魅了された初の経験で、私はこの人の弟子になると決めてしまった。落語家になるではなく、この人の弟子になるだった。まず談志に惚れ、次にその人の演じる落語を好きになっていったのだ。

その秋には昂じてどうにもならなくなった。そして私は群馬から浅草演芸ホールへ弟子入りに向かう。怖いも不安もなかった。弟子になりたい一心で、まったく後先を考えなかった。若さ故の無鉄砲としか言いようがないが、今でもあの行動力が信じられないでいる。本当に私がしたことだろうかと。待ち伏せでなく、更なる直接行動、楽屋に踊り込んだ。弟子にしてくださいと叫ぶ私を見ても、談志は驚かなかった。むしろ余裕綽々だった。談志はこういうシーンに慣れているのだ。談志はまずこう言った。

「僕を選んだキミのセンスは褒めてやる」

そしてこう続けた。淀みはまったくなかった。

「今のキミを突き動かしているのは情熱と言うべきものだ。しかし情熱はいつか冷める。とりあえず高校を卒業しな。どうせ親に内緒で来てるんだろう。親の説得、高校卒業、そのとき情熱が冷めてなかったらまたおいで」

つまり理路整然と追い払われたわけだが、なぜか私は希望を強くした。情熱は心配ない。高校を卒業し、親を説得すれば弟子になれるんだ。そしてそれらに全力で取り組み、クリアした。卒業式をボイコットし、上京すると、談志が言った。

「本当にきたのか」

私はついでのように言った。運転免許を取得してきましたと。去年、衆院選に落ちた談志は、来年、参院選に出馬するらしいと新聞が伝えていた。免許があれば遊説カーの運転手が務まる。私を受け入れる談志の利点は何か。高校生の精一杯の知恵が運転免許証だったのだ。

「いい了見だ」

やった、弟子入り決定だ。

そんな昭和四十五年春の入門の経緯を昨日のことのように思い出す。そして今では分かっている。けんもほろろに追い返すのは、師匠としての常套手段だと。負荷をかけ篩《ふるい》にもかけるのだ。腰の定まってない者はすぐに諦めてこなくなる。しつこく通ってくる者だけがチョイスの対象となるのだ。


二〇二三年の春が過ぎて初夏を迎えた頃、異変が起こった。弟子は六人で充分、それが目の届く限界だと思っていたのだが、入門志願者が現れたのだ。かつて二ツ目時代に住んだ小田急線は経堂駅のほど近くに会場の『さばのゆ』はあり、男はそこに現れた。『さばのゆ』は文字通り銭湯を模した居酒屋で、私がそこで独演会を始めたのは古い。東北の震災前だ。席亭である須田さんの知り合いに石巻《いしのまき》の水産会社があり、独演会の後の懇親会の肴に、サラシ鯨や鯨のベーコンが並んでいた。やがて震災がきて水産会社は津波に飲まれ、数十万の缶詰が海へ流出、回収した数千缶を東京には洗浄用の水があるからと、須田さんが引き取った。ラベルはなくベコベコだったが、中身は正真正銘の金華鯖で、値段を下げたせいもあるが、須田さんはたちまちこれを売り切った。そして水産会社の立て直しは目標より早く進んだのだ。あ、『さばのゆ』のさばの由来は金華鯖の鯖ではないのか。『さばのゆ』のキャパは二十がいいところで、それゆえに一体感があり、私はやりがいを感じつつ励んだ。以来、毎月の独演会だったが、確か二度休んだ。緊急事態宣言下ではどうにもならず、それ以外にも何回かリモートで凌いだ。その際に発した「リモート（妹）僕より歳が下」とのダジャレを覚えている。そしてようやく客が戻り始めた時期に男は現れたのだ。男は表で終演を待っていた。客席にいなかった男にいきなり話しかけられれば驚く。驚きながらも、もしや弟子入りではとの本能に近い勘が働く。果たして男は弟子入りだったが、男は意外な言葉を発し、また私を驚かせた。

「三十九歳ですがチャンスをください」

男はそう言ったのだ。してみるとアレを知ってる可能性がある。

「ほう、あなたは私が何と言われているか知ってるようだね」

「確か中年再生工場と」

なるほど、それで三十九歳で攻めてきたんだ。浸透しつつあるんだね。私の弟子には元会社員などが多く、長く勤めれば必然的に中年となり、そう囁かれていることを知った私は、自ら中年再生工場と標榜するようになっていた。それを男がどこかで知ったということだ。真打の後進育成義務はついて回るから、入門志願者を無碍に追い返すわけにはいかない。まずは話を聞こう。

「先に行っててください。すぐに追っかけます」

私は打ち上げに向かう常連に声をかけ、男とあらためて向き合った。ああ、早く生ビールが飲みたい。男が履歴書ですと四つに折った紙を差し出した。広げる。

「中央大学か」

「五年かかりましたが」

「ほう、水泳をね」

「体育会系ですから、縦社会は分かっているつもりです」

先回りするね。落語界もそうでしょうと。

「遅い入門の理由は？」

「父を早くに亡くしましたが、家を残してくれました。母との二人暮らしが長く、そのうち母が患い、これまで介護をしておりました」

「でお母さんは？」

「去年亡くなりました。それで念願の入門をと」

なるほど、それで三十九になってしまったと。住まいは千葉の奥か。通いきれるだろうか。

「あのこれ、お荷物になりますが」

男が何か差し出した。この縦長の紙袋は純米吟醸の四合瓶と見た。気が利いてるじゃないか。

「二週間後の日暮里寄席においで。知ってるだろ、立川流の定期公演を」

「では弟子に――」

「違う、違う。入門を許したわけじゃない。楽屋の見学者としてきてもらうんだ。前座が働いている。どんな仕事をするかを見て、務まるかどうかを判断するんだ」


そう言って別れたが、履歴書によって名の判明した岡島クンは、二週間後ではなく、一週間後にお江戸上野広小路亭へやってきた。ここも立川流の公演場所の一つで、楽屋階段を降りて通りへ出ると、そこに待ち構えていた。いわゆる出待ちというやつだ。私であることを認めるや、歳を偽ってましたと叫び、岡島クンは土下座という挙に出た。

「待て待て待て。ここ広小路は上野界隈の最も繁華なところで、隣が『凮月堂《ふうげつどう》』で向かいは『松坂屋』だ。まず手を上げなさい」

見ると頭は丸刈りで、謝罪のつもりらしい。岡島クンは不器用な手つきで財布から一枚のカードを取り出し、差し出してきた。運転免許証だった。歳を偽ってましたと言ったから、これで確認をということか。任せろ、暗算は得意だ。

「ご、ご、ご、五十一ィ。干支でひと回りサバを読んだのか」

ふいに常連の顔が浮かんだ。『さばのゆ』の後の打ち上げだ。遅れて合流した私に弟子入りですかと問う人がいて、そう三十九のと言ったら、三十九？　ずいぶん老けた三十九ですねとの感想があったのだ。そりゃ老けてるさ。だって実年齢は五十一だもの。

岡島クンには、土下座と丸刈りは立川流には効果がないと告げた。家元の談志が大嫌いで、それは弟子にも及んでいるのだと。だけど、入門時の干支ひと回りのサバ読みは、エピソードとして抜群に面白い。二つ三つサバを読む者はいても、干支ひと回りはいまだかつていないのだ。本当の歳を言うと弟子にしてもらえないと思ったもんですから、も本音だろう。

「じゃ一週間後、日暮里寄席においで」

あのこれをと、岡島クンがまた四合瓶を差し出した。二十五度の芋焼酎と見た。これも好物だ。

日暮里寄席の前夜、弟弟子のキウイから電話をもらった。

「また弟子を取るんですって」

「いや決めてない。明日の日暮里に見学者としておいでと言ってある」

「よかった、間に合ったあ」

「よかった？　間に合ったとはどういうことだ。おいキウイ、何が間に合ったのだ」

「岡島クンですけど、彼は、私が歳を五十一と聞いて弟子入りを断った男なんです。私と大して歳が変わらないもんですから。さっきその彼からお陰様で師匠の弟子になれそうですと連絡があって、これは急いで電話をと」

「な、な、なに？　すると岡島はあなたに弟子入りを断られ、それからオレんところへきたということか？」

「そういうことになります。ホント間に合ってよかったです」

真打昇進と同時に等しく後進育成の義務が生じるが、弟子は取らない主義だと言う者もいる。弟子のこない者がそう言う傾向にあるが、本当に弟子を取らない主義の者がいるのも確かで、中には弟子も勢力のうちだとスカウトする者までいて、それぞれの価値観の落差は実に面白い。

弟子を取らない主義の真打に、そうと知らずに入門を請うた。取らない旨を説明され引き下がるも、落語家への未練は絶ちがたい。では二番目に好きな師匠の下へ。肝心なのはここだ。最初に、つまり弟子にしてくださいと言う前に、断られた経緯を二番目の師匠に告げなければならない。こういう経緯がありましたが、それでも弟子入りは可能でしょうかと。取ってもいいと判断した二番目の師匠は動く。断った師匠に楽屋で会えばその場で、会えない場合は電話をかける。断られた経緯は聞きました。この青年を弟子にしてもよろしいかと。大概は、こっちの主義のせいで申し訳ない。よろしく頼みます、というところに落ち着くのだが、弟子入りが経緯を黙っていた場合は間違いなく拗れる。二番目の師匠より最初に断った師匠の方が先輩だった場合、オレが断った男をあいつは取ったのかとなるケースすらあるのだ。黙っていたことは遅かれ早かれ発覚する。発覚は早いほどいい。遅かった場合は師弟ともに不幸で、もう元には戻れないのだ。岡島クンは弟子入りの際の肝心要の部分を怠った。他に言わないことがあっても、このことだけは真っ先に言わなければならなかったのだ。これはデカい。

当日がきて日暮里寄席に入ると、岡島クンは楽屋の片隅から半四楼の働く様子を見ていた。半四楼はそそっかしいから、弟弟子ができたとばかりに一門に紹介し、喜色を隠さない。おいおい半四楼、その男はまだ弟子じゃないぞ。見学を徹底させろ。仲入りが済み、客が場内に入ったのを見計らい、岡島クンをロビーに連れ出した。見学とは言え楽屋に入れた喜びがあるのだろう、ニコニコしている。向き合ったところで、キウイ師匠から電話をもらったよと切り出した。キョトンとしたので、間に合ってよかったとも言ってたよと重ねた。わずかに目が泳ぐ。話がマズい方向にとは察したようだ。お陰様で弟子になれそうだと報告したんだってねキウイに。オレは見学は許したが、弟子にするとは言ってねえぞと、少しドスを効かせた。土下座と丸刈りは気に入らねえが、あなたなりの謝罪だろうと水に流した。歳のサバを五つ六つ読んだんなら半端で腹も立とうが、干支ひと回りはウケたぜ。そんなヤツはいなかったからな。面白えからいい。だけどキウイとの経緯をオレに黙っていたのは致命傷だ。これだけは落語界の掟で言わなきゃならんのだ。分かるか、一発アウトだ。でもせっかくきたんだ、記念にもう少し楽屋の空気を吸って帰りな。大きなミスにようやく気づいたらしい。ガタガタと震え出した。岡島が帰るべく立ち上がった時、私は懸念を口にした。これを確かめたかったがためにいきなり一発アウトとせず、楽屋見学を許したのだ。

「まさかと思うけど、キウイの前に誰かに断られたってことはねえよな」

岡島から顔色が消え、震えが大きくなった。口も開いたままだ。

「ま、ま、まさか。まさか、誰だ、早く言え。誰なんだ？」

「談修《だんしゅう》師匠です」

なに、談修？　一門のか。じゃあオレは、オレは三番手だったのか——。

三番手でもダメということはない。老いた師匠の弟子になり、師匠が亡くなった時はまだ前座、師匠の兄弟弟子に引き取られる。預かり弟子という制度だ。二ツ目になったものの、また師匠を亡くす。その時点で真打であれば独立できるが、二ツ目だとまた預かりとなる。三番手の師匠からうちへおいでと声がかかり、この師匠と相性がいいということがある。三番手で互いにハッピーなのだ。事情を知っているからこそ成り立つケースで、ここからもダンマリがいかに始末に悪いか如実に分かるのだ。


電話に出たキウイが言った。

「なんか動きがありましたか」

大ありだよと答え、キウイに岡島とのやりとりを伝えた。広小路での土下座と丸刈り、干支ひと回りの歳のサバ読み等を。それでも弟子入りの可能性を探ったことも。

「さすがは師匠、器が大きい」

「ヨイショはいいよ。で日暮里だ。岡島はあなたから電話をもらったよと言っても反応が薄いんだ。普通はピンとくるが、自覚がねえんだな」

「大物か、よっぽどの――」

「後の方だ。あなたに弟子入りしたことをオレに告げなかったのがいかに大罪かを縷々説明してお引取り願ったたよ。ホントにギリギリ間に合ったんだ、ありがとう」

「いえいえ、急いで電話した甲斐がありました」

「でな、もう一つあるんだ」

「もう一つ？　なんですそりゃ」

「ちょいと引っかかることがあったんで、別れ際に念押ししたんだ。まさかキウイ師匠の前の弟子入りはないよなと」

「え、えー、まさか？」

「オレも驚いた、そのまさかなんだ」

「だ、誰です、他派ですか、一門ですか」

「一門だ」

一門？と言ったきり、キウイは絶句した。嬉しい。キウイが猛烈に食いついてきている。

私が驚いたようにキウイも驚かせてやろうと、タメを作った。そしてゆっくり談修だと言った。

「談修？」

いやキウイの驚くまいことか。声が裏返った。そう、談修だ。電話口から冷静になろうとするキウイの気配が伝わってくる。

「するとなんですか師匠、私が二番手で師匠が三番手という――」

「そういうことだ。一つ聞くけど、岡島は談修に断られたことをあなたに告げたか」

「ひとっ言も。一直線にきたかのように言いました」

「オレにもだ。いい玉だな」

「逸材ですね彼は。近年、こんな弟子入りはありませんでしたから。あのまさか談修の前には？」

「それはない。確認した」

「そうなると惜しい気もしますね。あと二、三人に断られて素知らぬ顔でどこかに潜り込んだらと思うと」

「バカを言え、そうなりゃ業界は大混乱だ」

「必ず発覚しますからそうなりますよね。それにしても岡島のヤツ、なんで談修の後に私なんだろ。私の後に師匠というのも分かりません。談修も師匠もいわゆる本格派ですよね。私は古典もやりますが、芸風が違います」

「いや、あなたには前座修行十七年という不滅の金字塔がある」

「それはマジですしネタにもしてるからいいんですが、岡島が談修と師匠の間に私を挟んだのがどうしても解せなくて」

「ものの分からねえヤツだからだよ」

「そりゃそうなんですがね」

そう言いつつキウイは納得できない様子だった。

数日後のお江戸上野広小路亭の楽屋でキウイに会った。互いに出番があったのだ。この後どうよと誘ったら、手つきに気がつき、いいですねえ、被害者友の会は飲まなくちゃいけませんよねということになった。御徒町は『加賀屋』の階段を降り、毎度の声に迎えられ、生二つ、鰹のタタキ、手羽先、シロ、レバをタレでと注文し、ジョッキを合わせたところでキウイが言った。

「岡島の顔をいっぺん拝んどきゃよかったな」

「えっ、なに、会ってないの？　どういう弟子入りだよ」

判明したのはこういうことだ。キウイはＳＮＳで独演会の告知をする際、予約先として携帯番号とメルアドを記載している。岡島はそこへメールを打ってきたのだ。文面は五十一歳と正直に告げていて、ビックリしたキウイは直ちに拒否、素直に引き下がったので落着したと思っていたら、落語家になれそうですとのメールがきて、そこに私の名前を発見、キウイは泡を食って電話をしてきたのだった。

岡島は談修にも五十一歳と告げた。それで断られた。そうなるだろう、岡島と談修は同い年なのだから。それがキウイと私の共通認識で、岡島は弟子入り拒否の連発をくらい、正直に歳を申告したら落語家になれないと悟った。それで私に三十九歳ですがチャンスをくださいい作戦を仕掛けたのだ。うん、だいぶ見えてきた。私はキウイにこのことは談修には伏せておこうと言った。談修は弟子入りの男を充分な理由で断っただけだ。その後のキウイや私の身の上に起こったことには関知しない。岡島が勝手に事を大きくしただけで、談修に瑕疵《かし》はまったくない。知らせれば驚き、恐縮するだろう。後輩ゆえ我らに頭を下げるかもしれない。そんなことはさせられないし、避けねばならない。

「そうですよね。いずれ分かった時、あなたが断った後でね、でいいと思います」

「おうキウイ、今夜はばかに物分かりがいいじゃねえか。よし、ハイボールに変えよう」

「しかしこれからは弟子入りに余計な質問をしなくちゃなりませんね」

「どういうこと？」

私は食いかけの手羽先を宙空に浮かせた。

「これまでは一直線と言いますか、一本槍で来てたわけですから、親は反対してないか、しばらく食えないんで貯えはあるかなんて話をすりゃよかったんですが、オレの前に誰かに弟子入りしたかと聞く必要があるわけですよ」

「そうか、そのことか」

あらためて手羽先を歯でこそぎ、骨を置く。

「トラブルを避けるために質問が一つ増えるんです」

「なるほど、弟子入りを疑らなきゃならないわけだな」

この店は鰹もイケる。ニンニクをと。

「そうです、岡島のせいで性善説がひっくり返っちゃたんです」

大袈裟なと思ったが、なぜか口に出せない。その通りだからだ。いつになくキウイのピッチが早い。ハイボールのお代わりがきたところで、キウイが嘆息した。おいキウイ、なんか食えよ。

「だけど岡島はなんだってオレをステップに挟むかなあ」

おお、その話か。今度は、まあまあと口に出して宥めた。長い晩になりそうだ。

客が戻りつつある。駒込の小さな会場『アーリーバード』での独演会は順調なスタートを切った。今回は二十人ほどがきてくれたろうか。ミニコンサートの会場であり、画廊としてもしっくりきて、そこに落語が合わないはずもなく、初回は打ち上げもその落語会場で行われた。オーナー夫人の手作り料理の評判がよかった。そんな船出の直後にコロナがきた。久しく中止になった。入場制限をし、客が数人だけの手探りの回もあったが、今回はまずまずの入りと言えよう。打ち上げも解禁と判断し、ご希望の方はどうぞと誘った。二の足を踏む客もいたが五人の手が挙がり、私を含めて六人となった。会場での打ち上げはまだ避けている。夫人の手料理が恋しい。

夫人紹介の、よりJRの駅に近い韓国料理の店に腰を据えた。焼いた豚肉が売りで、肉やキムチをサンチュに包んで頬張り、マッコリで流し込むのだ。もちろん海鮮チヂミなども出た。話題は先程の落語の感想に始まり、落語界の情勢や噂話に及び、やがて政治や社会問題に飛び、盛り上がる。ここでもコロナ前に戻りつつあることを実感する。常連のご夫妻、若いカップル、そして一人で来た女性で、私を入れると三対三と男女同数、私は女性率の高さを喜んだ。おじさんばかりの中の女性は、居心地がよくないように見える。それがいつもの打ち上げなのだ。一人で来た女性と私は帰る方向が同じで、ともに山手線で新宿へ出て、小田急線と京王線に別れた。

数日後、北澤八幡談四楼独演会が開催された。ここは私の落語協会脱退以降の本拠地《フランチャイズ》で、初期は毎月、今は隔月ながら、気が遠くなるほど長くやっている。常連の一人が、今年は二百五十回の節目ですねと言ったが、そのくらい長い。私にまだ弟子がいない頃、談春も志らくも前座としてここの高座に上がっている。そして今回は祝いのトリプルを仕掛けた。二ツ目に昇進する弟子縄四楼の当会場における前座最後の高座。つい先月、二ツ目になったばかりの女流講釈師の神田鯉花《りか》。つまりホヤホヤだ。そして直近に真打を控える談春門下のこはるという布陣で、こはるも女性、つまり立川流に初の女流真打が誕生するのだ。ところが当日は雨に祟られた。赤字続きの起死回生を狙った企画が無に帰すかと思われたが、客は次から次へとやってきて、椅子とプログラムが足りなくなった。祝いのトリプルが当たった。いや何よりあの忌まわしきコロナが去りつつあるのだ。

会場には祝いのムード、演者には勢いがあり、いい会となった。終演時には雨も上がった。言うことなし、さあ打ち上げだ。しかし久々に顔を見せた常連が、明らかに話をしたがっている。初期の頃、友を誘い、通い詰め、支えてくれた人だ。話は打ち上げでと思ったが、この人が下戸であることを思い出した。狭いロビーで久闊《きゅうかつ》を叙するように話を弾ませていると、その人の後ろに女性の姿が見えた。おお、こないだ新宿駅で右と左に別れたあの女性ではないか。目で少し待ってねと伝え、かつての常連を見送り、彼女の番がきた。駒込ではありがとう。そう言うと、こちらこそぐらいの言葉が返ってくると思っていただけに、不意を食らった。

「弟子にしてください」

彼女はそう言ったのだ。私は、へっと間抜けな声を出した。私の戸惑いをよそに、それからの彼女は立て板に水だった。

「まずお伝えしなければならないことがあります。私は円楽一門会の三遊亭萬橘《まんきつ》師匠に弟子入りを申し出ましたが、女性は取らない方針ということで断られました。そこでこのところ追っかけている師匠に入門を志願する次第です。一度は断られた私ですが、弟子に取っていただけるでしょうか」

「ちょ、ちょ、ちょっと待って。これって唐突すぎない？」

「いえ、入門の意思は先日の打ち上げの席ですでにお伝えしたつもりですが」

「微塵も伝わってないよ。落語はいいもんだとか、奥深いですねは伝わったけど。だからこれでまた常連が一人増えたと喜んでいたんだぜ」

「伝わりませんでしたか。私の力不足です。緊張して上がっていましたし」

「そうかなあ、寛いでいるように見えたがなあ。あ、あなた確か、あの時、声優やってるとか、ボイストレーナーをやってると言ってたよね」

「はい、おこがましいのですが、そのスキルを落語に活かせたらと思っています。あ、おとどめして申し訳ありません。これから打ち上げでしたね。詳しくはこの履歴書にありますので、是非ご検討をお願いいたします」

私はその履歴書を持って打ち上げの店に急いだ。やあ遅くなってごめん。

「先に飲《や》ってますよ。それより妙齢のご婦人と話が盛り上がってたとかで」

「よせよ、弟子入りだ」

「弟子入り？　最近、弟子入りに関してなんかあったと聞きましたが」

「別件」

「別件？　では弟子入りが重なったということですか」

そう、岡島と彼女の入門志願は数日ズレているだけで、私にしても数日で複数の入門志願者は初めてなのだ。それにしてもこの人たちは耳が早い。

あらためて乾杯をし、雨中の来場に礼を言い、酒と料理を勧め、飲食がほどよく進んだところで、岡島との経緯から話に入った。目の前の十数人は、弟子入りに関して何かあったことを明らかに聞きたがっていた。私にも頭を整理する上で必要だった。岡島の話はウケるとは思ったが、想像以上にウケた。まずは三十九歳が五十一歳と発覚した時だった。干支ひと回りのサバ読みはドカンときた。次のウケ場はキウイからの電話で、なぜ間に合ってよかったのかの私の説明だった。入門時に欠かせないこと、師弟の始まりについてのルールだが、感心や感嘆しつつ聴き入るこの状況もウケたと同義語だと言い添えると、一同は深く首肯いた。そんな彼らがのけぞったのは、私が岡島を引き止め確認するシーンで、談修の名が出た時、最高潮に達した。ドッカーン。

「ってことは三人？」

「談修、キウイときて師匠が三人目？」

「ス、ス、スゲエ」

「師匠、舐められてますよ」

「でもそいつは本当の歳を言って二人に断られてるんだ。年齢詐称も分かる気がするな」

「だったらなぜ最初っから師匠んところへきて正直に言わねんだよ。だって師匠んとこはけっこうな歳のお弟子さんが何人かいますよね」

そう、私は中年再生工場なのだ。ツイッターでも覗けばすぐ分かるそんな情報が岡島にはなかった。ひと手間を惜しんだのだ。いや、情報はあった。それを得たからこそヤツは三十九歳と称したのだ。ではなぜ嘘をつく――。やはり客が口を揃えて言う、そんなヤツ断ってよかったですよが正解なのかもしれない。

「ところで師匠、今夜の弟子入りの女性も若くはないですよね」

そう、確かにお嬢さんではない。しかしオバさんでもない。目の前の客が首を傾げた。

「もしや師匠？」

私も胸さわぎを覚えた。傍らの封筒から、彼女の履歴書をそうっと引き出す。年齢欄に三十九歳とあった。

惣領弟子

彼女を立川談声と命名した。声優の声、ボイストレーナーも声に関わる。そして私がその人を知る世代の最後かもしれない、徳川夢声の声である。夢声は活動弁士から漫談家に転じ、文化人として活躍した人だが、案の定、彼女はその名を知らなかった。彼女を岡島の時と同様、楽屋の見学者とし、帰り道、どうだやれそうかと問うと、やれます、やりますと元気に答え、その溌剌としたトーンに弟子入りを許可した。岡島のこともかいつまんで話した。

「入門時期が私とほぼ平行してたのですか。間が悪くて申し訳ありません」

「いやあなたは悪くない。だけど少し迷ったんだ。でもあなたの弟子入り志願の口上はよかった。萬橘さんに断られたことをのっけに言ったよね。それって大事なことだから、言うべきで普通のことなんだが、あいつの後だけに妙に新鮮だったんだ。滑舌もいいし、その声は活かせると」

そんな弟子入りに前向きなことを言ってるうちに、声優だから談声という名はどうだとスルッと出た。

「でな、高座で談声ですと言うんだ。客はメクリで談声と確認する。そこで被せる。でもこの通り女性です」

何なんだ、マクラでのツカミを考えているこの展開は、と思いつつ止まらなかった。

結果、弟子が七人になった。七人の弟子。悪くない。語呂もいい。しかし七人は侍でも刑事でもなく、もちろん孫でもない。入門時、それぞれがそれぞれの形で、落語家になる決意を表明した。それがより強固になっているか緩みがちかは分からないが、まあそれぞれに育てや。若いのもいなくはないが、皆いい歳だ。どうだ、世間にわずかな爪痕を残し、ともに滅びようではないか。


惣領弟子、即ち一番弟子のわんだは、三四楼改めわんだで真打となった。彼は生え抜きの弟子ではない。二〇〇五年に快楽亭ブラックから預かった男だ。預かった時の名が快楽亭ブラッC《シー》で、それが私のところへきて立川三四楼となった。

ブラックは立川ワシントンという名で、私の兄弟子だったが、まだ前座のうちに競馬でしくじった。談志独演会の銀行通帳を預かったのが間違いの元で、ワシントンはそこからカネを下ろして競馬をやり、また通帳に戻した。戻したのだから発覚しないと思ったのが浅はかで、カネの出し入れは通帳に刻印されるのだ。

酒や女性関係には寛大な落語界だが、カネはいけない。談志激怒、破門となったが、ワシントンは以後の約一ヶ月間、私のアパートに居座った。寄席から帰るとそこにいたのだ。兄弟弟子が何度か泊まり、鍵の在処《ありか》は教えてあった。訪ねる場合は電話ぐらいくれるものだが、ワシントンはいきなりだった。状況は知ってるし、出てってくれとは言いにくい。さあ大変だ、一文なしを抱え、毎回二食分を確保しなければならない。

大工である父親の普請場が埼玉だった。母親はタバコを商う傍ら、焼きそば屋を始めた。私の好物なのを知っているから、ちょっと足を伸ばして届けてくれと、それを重箱に詰め、父親に託した。重箱を受け取ったのはワシントンだった。後に語り草になるが、その時を思い出し、父親が言った。

「部屋を開けたら外人がいたんで驚いた」

アメリカ人と日本人の両親を持つワシントンの見た目はもろにアメリカ人なのだ。

そしてあろうことか、ワシントンは焼きそばを一人で平らげた。確実に三、四人前はあったはずなのに。空の重箱を見ながら私は言った。

「少しぐらいは残すのが礼儀ではないかね、兄《あに》さん」

ワシントンは少しも悪びれなかった。

「いや旨かったからね。キミはまた食えるからいいじゃないか」

談奈、後の左談次《さだんじ》は心配していた。

「早く追い出しなよ。師匠に知れたら巻き添えどころじゃ済まないぜ」

ワシントンはこの一ヶ月の間に腹を決めたようだ。言葉の端々に大阪行きを匂わせるようになった。旅費をどう工面したかは知らない。私に甚大な被害をもたらし、こうしてワシントンは大阪へ去った。

ワシントンは大阪へ逃げ、桂三枝さんのところへ駆け込んだ。三枝さんは上京、談志に、こういう男がきているが、預かってよろしいかと仁義を切った。筋を通されては談志も頼むとしか言えず、トレードは成立した。数年後、上方ネタを仕込んだワシントンは一門に舞い戻る。ペナルティとして格下げとなり、私の弟弟子になった。かつて兄さんと呼んでいた人をいきなりオイとは言えない。何となく同期という間柄になった。タメ口の仲だ。

互いが二ツ目になり、やがて真打を目前にした時、事件が起こった。談志とその弟子は落語協会を脱退し、落語立川流を興したのだ。ブラックも私も混乱の中で真打になったが、そんな中でもブラックの競馬熱は冷めることはなかった。いやますますのめり込んだ。ブラックの古典落語は上手い。そこへＳＭネタの新作落語が当たった。ポルノ映画の俳優として売れ、風俗雑誌でもいくつもの連載を持った。弟子も数人を擁し、一門を成した。しかし競馬はヒートアップ、借金が嵩み、次々とレギュラーを失うに至った。ブラックのバブルは弾けたのだ。ここで競馬をやめ、本業に励めばと思うが、そういうものではないらしい。競馬で失ったものは競馬で取り返すと、いっそう励んだ。

ある日、朝から勝負し、二百万円勝った。そこから十万でも二十万でも借りてる何人かにと思うが、そういうものでもないらしい。最終がファン言うところの銀行レースで、配当が十倍、これがくれば借金をすべて返してお釣りがくる。ブラックは二百万円を叩っ込んだ。そして買った馬は牛のごとくにこなかった。一門内にブラックの借金二千万円が轟いた。あちこちからカネ返せの声しきりで、看過できなくなった。対策の寄り合いが持たれ、被害者の多さから破門の声が出た。それを言い募ったのは立川流の吉田顧問で、私は奇異に感じた。ブラックと吉田顧問は明らかに蜜月だったではないか。少なくとも私は嫉妬し、その仲を羨んだのだ。それなのに破門だ、クビだと大変な剣幕で、私は訝しむしかなかった。

私は挙手をし、弟子が上納金の名で払っている月謝から貸したらどうかと提案した。それぐらいはあるはずで、高利で貸せばいいと。妙案だと思ったが、貸したら勝負するに決まってるとの意見に却下となった。なるほどそういうものか。次第に破門に傾いた頃、談志が除名と短く言った。さすがだ、破門ほど重くない。落語家として首の皮一枚繋がったのだ。芸名を使ってよしも明らかな温情だった。寄り合いの帰り、ブラックに競馬の手解きをした左談次と飲んだ。

「どうすんのさ、元はと言えば兄さんのせいだぜ」

「オレは馬券の買い方を教えただけだ。勝ち方があるならオレが教わりたい」

そんな話から始まったのだが、どうしても吉田顧問への疑念が消えない。

「知らなかったか。ブラックは吉田顧問からも借りてたんだ」

知らなかったが、驚きはない。関係からして大いにありうることだ。

「いかほど?」

「いいとこ二十万かそこいらだ。作家で落語評論家で立川流顧問だ。大の仲良しだし、ブラックからすりゃもらったような気分だったろうよ」

「でしょうね。まるで芸人とお旦《だん》のように見えたもの」

「スポンサーではなかったということさ。普通は諦めて、くれてやったという了見になるよな。それが破門だ、返せだからオレも驚いたよ」

ブラックは吉田顧問の芸人小説を褒めていた。吉田顧問もブラックの芸を買っていて、それは傍からはどう見ても芸人とお旦の関係であったのだ。それがどうして破門だ、怪しからんとなるのか。贔屓することとカネの話は別なのか。ブラックに祝儀などやったことはないのか。可愛さ余って憎さ百倍なのか。左談次と私は分からない分からないと繰り返し、その夜は別れた。その後も左談次と、ブラックと吉田顧問についてもっと語り合いたかったが、左談次はあっさりあの世へ旅立ってしまった。

当のブラックは名古屋だろうが大阪だろうがどこへでも行けばいい。しかし弟子をどうする。借金だらけの身の上では抱えきれまい。ここで浮上したのが、預かり制度だ。ブラックの弟子に真打はいない。二ツ目と前座で、彼らを我らブラックの兄弟弟子が引き受けるのだ。いずれこうなるだろうと事態を冷静に見ていた弟子もいて、彼らは素早く動き、多くがすでに内定を得ていた。残ったのがブラッCで、私はこのとき彼が相当の変わり者であることを知るのだが、それも災いしてか、ブラッCは志の輔と談春に預かりを断られていた。志の輔は、志の輔がというより志の輔の弟子に拒否されたと伝わり、談春は後に一門初の女性真打を誕生させるが、当時は弟子を取らないことで知られていて、拒否は妥当だった。二人に断られたとなると、真打間に三人目になりたくないとの心理が働くのはごく自然で、私もそんな目でブラッCを見ていた。

楽屋で出会い頭のように目が合った。慌てて目を逸らしたが、縋《すが》りつかれた。周囲が成り行きを見ている。ここで断ったら不人情に映るのではないかとの打算が働いた。断ったらこの男はどうなってしまうのかという憐憫もあった。受け入れは早かった。瞬時に悟った、こうなることは決まっていたのだと。その時点で弟子はいなかったが、私は弟子を欲していたのだろうか。

かつて弟子入りを断ったことがある。立川流の発足直後、まだ少年の面影のある高校生が弟子にしてくださいとやってきた。私は落語協会脱退、立川流創設という混乱の中にいて、新組織の真打第一号にはなったものの、弟子を取る余裕もなければそんな心境にもなかった。そして彼には両親の反対があった。家出同然にやってきたのだ。まずここに無理がある。弟子入りは入りたい一心で、親も賛成してますなどと嘘をつくことがある。その点、親は嘘をつかない。賛成、反対をハッキリ表明する。だから親の面談が必要なのだ。もし受け入れるとすれば、家出同然だから内弟子にするしかない。しかし私の息子三人はまだ幼く、末っ子は乳飲み子で、しかも借家は狭かった。そこへは無理だ。だから彼と師弟関係を結ぶ目はほぼなかったのだが、それでもこれでよかったのかとの悔恨は残った。今も肩を落として帰って行く彼の後ろ姿がチラつく。

しばしして彼の母親から丁寧な電話をもらった。彼の父親は大企業ではないものの、割と大きな工場を経営し、彼はそこの一人息子、つまり跡継ぎとして生まれた。しかしその境遇を嫌がり、落語家志願の挙に出たという。たまたま我らの協会脱退のニュースに触れ、発作的に新組織の新真打への弟子入りを思い立ったらしい。

「だいぶ落ち着きを取り戻しまして、とりあえず今は進学を考えているところです。お忙しいところ、息子と向き合っていただきまして感謝をしております。お手間を取らせました」

母親はそう言って受話器を置いたが、果たして彼は大学に進み、家業を継いだのだろうか。

ブラッCが通ってくるようになり、なるほどこれが弟子を持つということかと、不思議な気分を味わった。これまでは単独で移動していたのが、隣には着物の入ったカバンを持つ、付き人としてのブラッCがいるのだ。師匠としての責任はあまり感じなかった。それはブラッCがブラックからの預かりで、彼が最初から私の弟子ではないところからきていた。そう、私はほどのいい師匠気分を味わったのだ。預かったものの、いつまでもブラッCというわけにはいかない。どこに住んでるかを聞いたら三軒茶屋と答えたので、三軒茶屋の三を取り、三四楼とした。快楽亭ブラックC改め立川三四楼である。安易なようだが、語呂もいいし、三ちゃんなどと呼びやすい。当人も高座で一、二の三四楼！などと言い出した。

前座としての働きぶりは文句のつけようがなく、万事をそつなくこなした。お茶出し、高座返し、着替え、特に着物の畳み方は見事だった。私の付き人として、楽屋で働く前座として、言うことはなかった。ただ会話が成立しないのは参った。何か言いたいことがあるはずなのにモゴモゴと要領を得ない。整理して話すように言っても、まだモゴモゴ言っている。

強情な部分にも手を焼いた。夏だった。北澤八幡の独演会において、客から暑いと苦情が出た。

「三ちゃん、客が暑いと言っている。クーラーを二度ばかり下げてくれ」

あの時は驚いた。三四楼は拒否したのだ。

「いえその必要はありません。ちゃんと設定しましたから」

そう何度か言い、下げなかったのだ。結局客は、今日は暑かったねと言い置いて帰ったが、これは強情ということで処理していいのかと、そのとき思った。三四楼は温度を下げるのが嫌なのではない。自分が決めたことを、誰かに命じられて変更するのが嫌なのだ。

ガミガミ言うと効果がないことも、そのとき知った。客商売だ、客が暑いと言ってるんだ。私は師匠として言うべきだと、それを三回繰り返したが、その三回目に三四楼はシャッターを下ろした。そうとしか言えないくらいに、小言を聞くことを拒否したのだ。

いつもそうなのではない。いつもは弟子として前座としてそつなく機能しているのだが、時々それが顔を出す。私は師匠として学習した。もうシャッターを下ろされたくないので、小言を短めに言うとサッと切り上げるようにした。あとは任せておけばいいのだ。

落語がちゃんとしているのは救いだった。地方へ出て私の前座を務めても、古典落語でそこそこ沸かせて下りてくる。しかし彼は地方の名産や名物にまったく関心がなかった。検索してもいいし、会場までのタクシードライバーに聞いたっていい。それをマクラに振って客に馴染むということをしない。そして驚愕の事実が判明する。三四楼は落語会の後の打ち上げが嫌いなのだ。彼の同期によると、かねてから打ち上げは無駄だと公言していたというのだ。下戸はいい、罪はない。しかし打ち上げは客と馴染むチャンスなのだ。メールでも電話でも、礼状のハガキ一枚だっていい。やりとりの中で交流が生まれ、二ツ目、真打と進むうち、またそこに呼んでもらえることは多いのだ。一体どうやって客を増やすつもりなのか。

地方のある打ち上げの席で、ついに事件は起こった。三四楼が客に怒鳴られたのだ。打ち上げが嫌いなら、時を稼ぐために客や私の飲み物をせっせと作ればいい。料理を運べばいい。片付ければいい。動いていれば時は過ぎるのだ。会話が嫌なら、笑顔を振り向けるだけでいい。師匠のグラスの傾け具合でお代わりのタイミングを察知するのが前座だ。しかし三四楼は退屈して俯き、私を見ていない。彼との距離は数メートル、声をかけ、お代わりを催促すると、気の利かない前座であることが客に知れる。思いついて、私はグラスに残る氷を噛んだ。三四楼が気づくより早く、客の怒声が飛んだ。

「師匠の水割りぐらい早く作れ」

三四楼はキョトンとし、これは異なことをとばかりに客を見た。

会話の不成立、妙な拘り、打ち上げ嫌いはそれはそれとして、三四楼にミスが増えた。前座仕事だけは完璧だったのにどうしたことか。そんな時、客から三四楼の目撃談が入った。三軒茶屋で見かけたよと。不思議はない。そこは彼の住む町なのだ。

「どんな話をしました？」

「いや、ママチャリで全力疾走してたんで、話しかける余裕はなかった」

全力疾走？　何のために？

移動中の電車内だった。こういう話を聞いたがと水を向けると、三四楼はモゴモゴ言ったが、そのモゴモゴにいつにない気配があった。声を落としたが、私の有無を言わせない追及に三四楼はようやく答えたが、すぐには理解できなかった。

「利子を払いに」

三四楼はそう答えたのだ。利子？　何だそれは。時間をかけて聞き出した事実に仰天した。元師匠のブラックはカネに詰まり、それぞれの弟子に百万円を要求した。上納金は一門の伝統であると言って。上納金、つまり月謝の額は前座一万円、二ツ目二万円、真打四万円であり、百万円は法外である。弟子たちは驚き困惑しつつも二ツ目昇進に備えた費用や、あるいは親に縋り、なんとか払った。貯えのない当時のブラッCは親にも言えず、ただ途方に暮れ、銀行に足を運んだ。そして彼は、銀行が何処の馬の骨とも知れない男にカネを貸してくれないことに気づく。通帳さえないのだから当たり前だ。もう街金しかない。街金はすぐに貸してくれたはいいが高利子で、その利子を払うために全力疾走していたと、三四楼はようやくにして喋った。そして私が元金はと聞くと、減っていませんと答えた。

前座の稼ぎだ。払い切れるはずがない。高利子に追われるのは当然だ。よし、好きなだけ暇をやる。まずは稼いで元金を払っちまえ。いくら高利子だって元金が減れば利子も減るはずだ。金融に疎い私のこの理屈は合っているだろうか。普通の前座の貧乏とは貧乏の質が違う。そんな環境では前座修行などできない。心ここにあらずの正体はカネだった。利子であり、借金だったのだ。暇を出すんだ、クビじゃないから安心して行ってこい。私はそう言って送り出した。

四ヶ月後、三四楼は清算しましたと、やはりモゴモゴ言いながら帰ってきた。そうか、きれいな体になって帰ってきたかと言ったら、はにかむように笑った。だいぶ痩せたが、顔色は悪くない。睡眠を削り、昼夜働いたという。深夜帯は時給がよく、溜めていた家賃まで払えたという。そんなに稼げるんなら続けりゃよかったのにと言うと、死んでしまいますと、またはにかんだ。ブラックも弟子に酷いことをとあらためて思う。そう言えば彼を預かる際にブラックとすれ違うように会ったが、ごめんよとも頼むよとも言われなかったっけ。待てよあいつのことだ、弟子を取られたぐらいに思ってたかもな。それとも金蔓《カネヅル》を失って惜しいことをした、かだ。

三四楼は変わった。表情が明るくなり、モゴモゴの頻度が下がり、口数が増えた。それは稽古の折のテンションが上がったことにも見て取れた。落語に元来あるくすぐりすら力《りき》感《かん》が増し、これまではオチをふにゃふにゃ言っていたが、スッキリ強く言うようになった。借金がなくなるとこうまで明るくなるものか。落語まで変わるものなのか。私は内心、よかったなと喜んだ。

古典だけでなく、新作落語にも興味を示し、二ツ目に昇進してその創作を始めた。昔と違うんだ、昇進の会を派手にやっていいぞと言ったら、三四楼は浅草のキャパ二百を超えるホールを抑えた。驚いたのは、ゲストにかつて預かりを断られた談春を迎えたことだ。談春に多少の後ろめたさはあったと思うが、それは言うまい。私は談春にありがとうよ、とだけ伝えた。

三四楼の新作落語は発想がいい。SF落語を標榜し、かなり飛んだ展開をする。あれとこのネタがいい。ブラッシュアップして売り物にしろ。当たれば全国から買いにくるぞ。そう言うのだが、いつしか演《や》らなくなってしまう。創る過程が楽しく、高座にかけると飽きてしまうらしい。惜しい。相変わらず欲がねえなと、私は溜め息をつく。

三四楼が真打になる時期とコロナが重なったのは、不運だったか幸運だったか。四回の昇進披露落語会のうち、少なくとも二回は興行できた。緊急事態宣言の間隙を縫ってだから、幸運と言えなくもないのだ。初回は平常運転で開催できた。マスク姿の客はまだチラホラいる程度で、当時の大多数には得体の知れないウイルスとしか伝わっていなかった。ダイヤモンドプリンセス号の騒ぎはその直後で、それでも深刻には受け取らなかった。こんなもの、そのうち消えてなくなるさと、至って暢気に構えていたのだ。

消えてなくなったのはウイルスではなく、仕事だった。キャンセルの嵐となった。そしてそれが四年にも及ぶとは誰も思わなかった。二ツ目や真打の昇進披露がいくつ飛んだことか。かつて我らが立川流以前に出ていた定席《じょうせき》と呼ばれる寄席の存続すら危うくなった。

そんな頃に読んだ、ある演劇人による『チラシ』というタイトルのコラムに、胸を打たれた。公演の宣伝にチラシは欠かせない。そのチラシが紙屑になるという話で、それが延々と繰り返されるのだ。何万、何十万枚というチラシが劇団事務所に堆《うずたか》く積み上げられ——との件《くだり》がつらかった。そして役者と落語家の境遇はおそろしく似ているのだった。


三四楼改めわんだの、二回目にして最後の昇進披露が開催されたのは奇跡だった。コロナ禍にあって大須演芸場がゴーサインを出したのだ。大須と言えば名古屋で、名古屋はわんだの出身地、地元なのだ。会うのは二ツ目昇進以来となるが、ご両親はお達者だろうか。そしてゲストは一門きっての売れっ子志の輔なのだ。よくスケジュールが取れたものだ。そんな中、客は想像以上にきてくれた。入場制限がかかっているので満員はありえないが、それでも八分は入った。両親が動いたに違いない。いや、ゲストの力か。全国的な人気落語家を聴くチャンスなのだから。日程を割いてくれた感謝だけでは足りない。私は一門きっての売れっ子弟子にサービスをと考えた。

志の輔に世間話を装い、わんだの変人ぶりについて話した。

「わんだが三四楼で二ツ目になった時、あなた高座をくれたよね」

「いえいえささやかな祝いです」

「あなたの独演会だ。客は割れっかえるように入ってる。三四楼も張り切ったんだろうが、あの時は迷惑をかけたね」

「迷惑だなんてそんな。大ウケでした」

「かつて『強情灸《ごうじょうきゅう》』で本物のもぐさに火をつけて火傷した人や『反対俥《ぐるま》』で客席を駆け回った人はいるよ。だけどあいつ『饅頭怖い』で本当に饅頭を食って――」

「四つ五つはいきましたかね」

「だけどお茶は飲めない」

「ここらで濃いお茶が一杯怖いがオチですから、途中ではなかなか」

「水分がないと饅頭は食いにくい。であいつは餡子やら粉やらくずやらを高座に盛大にこぼした」

「はい、高座返しの前座が拾うのに手間取ってました。客席はこぼれるのをみてましたから大ウケです。ようやく私が出て行って、マイクと座布団の間を見て驚くフリをするとまたウケましてね」

「結局、仲入りに総出で手に手にガムテープを持って」

「はい、高座は大変きれいになりました」

そこへ、大須の受付から両親が楽屋に向かいますとの一報が入った。

「今わんだの親が挨拶にくるんだ。お母さんは陽気な人で、オレの好きなキャラなんだが、お父さんがわんだに輪をかけて変わってるんだ。芸術家肌なんだよ、抽象画を展覧会に出品するぐらいの。だけどわんだと同様にモゴモゴ言ってて、何を言ってるかさっぱり分からないんだ。表情や声の調子で探ろうとするんだが——」

あ、お父さん、お母さん、どうぞこちらへ。わんだが先導し、母親、父親の順に入ってくる。わんだがモゴモゴと言い、父親はモゴモゴモゴっと言ったようだった。わんだもお父さんも変わった人には見えない。佇まいはごく普通なのだ。

「この度はおめでとうございます」

そう言って座布団を勧め、両親は座り、私と向き合った。お父さんの目が私の背後の志の輔を捉え、モゴモゴモゴっと言った。本日は息子のためにありがとうございますと言ったのだろう。続けてお母さんが明瞭にそう言ったから。

「ずいぶん紆余曲折がありましたが、よく真打になったと思います。さぞやホッとされたことでしょう。ご苦労さまでした」

ブラックが一門を除名になってからのことを私は短く言ったが、いけない、あれこれを思い出したのであろう、ありがとうございますと言いつつ、陽気なお母さんが涙ぐんでしまった。お父さんも苦労を語ったはずだが、やはり今日もまたよく聞き取れなかった。

「今日は安心してわんだと我らの落語を楽しんでってください。さ、わんだ、ご両親を客席に案内しなさい」

お母さんが私と志の輔に、今日はありがとうございます。感謝しておりますとハッキリ言い、お父さんもまたモゴモゴモゴっと言ったようだが、両親はわんだとともに客席へ去った。

私は振り返り、志の輔に言った。

「な、『粗忽長屋』だろ、おんなじような人がもう一人増えちゃったてえやつだ。しかもバージョンアップしてだ」

志の輔が腹を抱え、のたうち回ってウケている。それはバージョンアップで頂点に達し、志の輔は足をバタつかせ、勘弁してくださいと言った。そして息を整えつつ、切れ切れに、

「出しぬけに話しかけられてビックリしました。しかし師匠はお父さんが何を仰ってるかよく分かりますねえ。それにしてもわんだと似てます。変わってます。師匠の仰る通りを

見せてもらいました」

それを聞けば十分だ。私の志の輔への謝意は伝わったのだ。

わんだの真打昇進披露の会は盛大裏に打ち上げた。翌朝早い志の輔を送り出し、わんだには、久しぶりだろう、実家で過ごせと言い、私は大須の安宿で一人飲んだ。シャワーを浴び、浴衣に着替え、缶ビールを一気に半分飲むと、肩の荷が下りるのを感じた。ブラックよ、あんたから預かったブラッCは、何とか真打になったぜ。何とか真打にしたぜ。あんたには何らの感慨もないだろうが。

あんたの借金は巧妙だったよ。落語家では先輩や同期からは借りず、後輩専門だったもんな。後輩は嫌だとも言えず、催促もしにくいやな。あとは落語界の周辺にいる人たちと客だった。そこは徹底してた。だから同期のオレがあんたの借金を知るのが遅れたんだ。あんた、志の輔からも借りたよな。売れっ子で稼いでいる後輩は恰好の的だったろうよ。尾羽打ち枯らした先輩とバリバリの全国区だ。そりゃ貸すだろうよ。まとまった額だったそうじゃないか。志の輔は偉いねえ、差し上げますと言ったってね。その後の、その代わりがいいよ。師匠との縁はこれっきりにしてくださいと続くんだから。ねえ、そん時どう思った？　しめた、返さずに済むかね。それとも、後輩に縁を切られて情けねえかね。どっちだよ、オイ。

酒が切れた。エレベーター脇の自販機からゴロッと落ちる音を聞きながら、オレだったらいくら貸したかを自問する。廊下でハイボールをプシッとやり、ひと口飲み、部屋に戻り、いや、まず貸すか貸さないかだ。貸さざるを得ないとの結論はすぐに出た。これまでの付き合いからすればそうなる。では催促をするか。額による。矢の催促をして拗れ、仲違い。それじゃ吉田顧問と同じだよ。しかしそれはあり得る。いや、くれてやったと思うべきか。それも額による。あゝ、堂々巡りだ。そもそもオレは貸してないのだ。貸してくれと頼まれてもいないのだ。酔った頭に実家にいるであろうわんだが浮かぶ。あいつ、案外、策略家ではないのか。二ツ目昇進の会には談春がゲストにきた。そして真打の今回は志の輔を迎えた。二人ともあいつの預かりを断った男だ。わんだは人の心理を知っている。その後ろめたさに乗じて――。

真打になったわんだは、SF落語を引っ提げ活躍しているはずだが、生憎そうはなっていない。あいつは今、名古屋にいる。あのお父さんに認知症が出て、面倒を見ているのだ。泥棒を異常に恐れ、玄関に錠をいくつも掛けるのはいいが鍵を紛失、出られない入れない事態が頻繁にあるのだという。お父さんは男だ。お母さんでは体力的に御し切れないこともあり、名古屋へ飛んで帰ったのだ。まあ色々あらあな。東京への未練は未練として、しばらくは名古屋にいろや。上納金未納でクビを切られたかつての仲間もいることだし。ほら、大須に顔を出してくれた獅篭《しかご》と幸福《こうふく》だよ。彼ら登龍亭一門と組むとか、独自に仕事を探すとか、手はあるさ。お父さんの具合を見ながら気長にやれや。焦るなよ。

志の輔がこのことを知ったらどう思うだろう。エッ、あのお父さんがと驚くか。驚くだろうな、驚いてくれ。そして少しだけ懐かしんでくれ。せめて『粗忽長屋』を思い出してくれ。同じような人がもう一人増えちゃったよとバージョンアップを。ブラックはどう思うか。うん、何も思わないだろう。

生え抜き

西暦一九八三年、昭和で言うと五十八年の初夏、談志一門は落語協会を脱退した。当時の小さん政権は真打をどう作るかで迷走し、試験が嫌だから落語家になったというのに、ついに真打昇進試験を導入した。二年間は十人受けて十人合格であったが、その年に限って四人が受かって六人が落ちるという結果となった。その六人の中に私と小談志の名があり、あいつの弟子よりオレの弟子の方がマズいってのかと談志が激怒、こんなところにいられるかとのセリフを残し、脱退したのだ。

少しして一門は正式名称を落語立川流とするが、私は試験から脱退に至る経緯を小説に仕立てた。きっかけは前座のカバン持ち時代にあった。談志は売れ続けた落語家だが、私の入門時が最も忙しかったのではないか。トータルでそう思うし、間違ってないと思う。文字通り朝から晩までの掛け持ちで、ラジオでは日本放送の『談志・圓鏡 歌謡合戦』が印象深い。高校生から聴いていた番組の収録に弟子として帯同するのだ。内容はくだらなさを追求するもので、歌謡合戦と謳われているものの曲はあまりかからず、ナンセンスに徹した。「先生、師匠」と談志が言う。「はいはい、なんでしょう大先生」と圓鏡が受ける。「東北の名物は?」と談志がいきなり振る。間髪をおかず圓鏡「由利徹の実家」吹き出しつつ談志はマイク横の木魚をポクポク叩き「こりゃやられた。勝負あった、電気釜あ」となんだか分からない。この番組はお笑いファンの伝説となり、今でも中高年の間で話題になる。談志、圓鏡、ともに今で言うガチンコ勝負で台本なし、談志は朝からメモ用紙を離さず、ラジオ局すべてにレギュラーを持つ圓鏡はアドリブにすべてを賭けていた。両者疲弊し、やがて番組は終了となるが、いくつか副産物があった。編集に苦労したディレクターは神経を病んで入院、タフな圓鏡も円形脱毛症に見舞われたのだ。後年、圓鏡とのあのナンセンスを談志はイリュージョンと呼ぶようになる。

日本テレビでは毒蝮三太夫との『やじうま寄席』が始まった。『笑点』を作って放り出すように辞めた談志を『笑点』に戻すわけにはいかない。その『笑点』の座布団運びで名を売った毒蝮三太夫も同様で、しかし二人は日本テレビに必要な人材という番組ができる経緯は今なら分かる。しかし当時の私は付き人としての仕事をまっとうするのに必死で、そんなことは露ほども考えなかった。蝮さんが水を得た魚のごとく生き生きしていたのを覚えている。あ、大失敗を思い出した。いつもの後楽園ホールだった。そのコーナーの出番ではない談志に手招きされ、そこへ向かう途中で収録が止まったのだ。原因は私がカメラの前を横切ってしまったからだ。大変なことをしてしまった。あちこちから怒号が飛んだのが何よりの証拠で、私は談志のカミナリを覚悟した。しかし談志は怒鳴らなかった。諭すように言った。

「少しでも早くというキミの気持ちはよく分かる。二点間を結ぶ最短距離は直線だからな。お、あそこが空いてる。空いてるはずだ、カメラが出演者を撮っている空間だからだ。これでテレビの仕組みが一つ分かったろう。まあ少しずつ覚えろや」

奇跡だ、それで済んだのだ。どんなに急いでいても、カメラの前だけは横切らない。肝に銘じた瞬間だった。

もう一つ奇跡があった。TBSテレビが談志、圓楽、圓鏡の落語家三人に歌番組の司会を任せたのだ。前田武彦と芳村真理、久米宏と黒柳徹子という男女による司会が定番であったが、売れっ子落語家三人のスーツを着ての司会は話題となった。番組名は『ヒット歌謡Ｎｏ.１』、二週分の収録のために都内各地の公会堂に出かけた。煌びやかな華々しい世界だった。テレビ等で見た歌手に、ついへイコラしてしまう。カメラを横切った時には怒らなかった談志が、この時は怒りを滲ませた。

「歌手なんぞに遜《へりくだ》るな、毅然としてろ。卵と言えどおまえは落語家というだけで大したもんなんだ」

小言か励ましかはよく分からなかったが、納得はした。楽屋で、挨拶にきたフォーリーブスを引き留め、圓楽がパーパーと話しかけていた。女性に関することらしい。戻ってきた圓楽に談志がどうだったと水を向けた。圓楽がにがりきって言った。

「とても敵わない。桁が違う」

番組のオンエアは夜の九時から九時半までで、ナイター中継が長引くと時々番組がなくなった。談志は野球好きだが、これには我慢がならなかったようで、ついには三人が示し合わせたように番組を降りた。でも一年半ぐらいは続いたのではないだろうか。過密スケジュールでボロボロの歌手がいたり、無闇と張り切る新人歌手がいたり、少しだけ裏側を知るという意味で飽きることはなかった。黛《まゆずみ》ジュン、小川知子、中村晃子――そう、ピンキー&キラーズに杉並公会堂で会えたのは幸運だった。そういう時代だった。

そんなレギュラーの他に単発の仕事があった。談志はまだ若く、パーティ等の司会もした。取材が入り、対談もあちこちに招かれた。そして合間を縫い、寄席にもよく出演した。一日平均二件といったところか。種々の仕事をするから、私が持つ衣装等の荷物は膨大な量だった。何よりこれだけの仕事をこなし、自身がヘトヘトのはずなのに、談志は夜になると必ず銀座に顔を出した。夜の事務所と呼ばれるそのバーは泰明小学校近くの地下にあり、その名を『美弥《みや》』と言った。店の前で帰されることもあるが、きつかった日にはビールを一杯飲んでけということもあった。その晩はビール一杯の日で、奥のボックス席で田辺茂一が賑やかに飲んでいた。談志が丁重な挨拶をして隣に座り、たちまち田辺のダジャレを浴びるのを見て、初めて気がついた。田辺茂一は作家にして紀伊國屋書店の社長だ。新宿本店の四階に紀伊國屋ホールはあり、談志はそこで『ひとり会』を開催し、私は高校生の頃に通っていたが、なぜそこでの開催なのかをようやく理解したのだ。理由なくしての、繋がりなくしての開催はないのだと。

電話魔と言われる談志が『美弥』から方々へ電話をかける。そして先方からも『美弥』へかかってもくる。相手の大抵は作家だった。合流しよう。こっちへきてくれ、これから向かう等の会話があり、その晩は談志が赴いた。赴く際は、談志に田辺茂一が帯同することもあり、その場合の私は帰されるが、談志が単身赴くこともある。その単身のケースに限り、私の帯同が許された。談志は夜の銀座で当代一流の作家との交遊を持っていた。私が目を瞠ったのは、作家と芸人の関係ではなく、談志が彼らと伍して付き合っていることだった。ある晩、帯同が許された私に僥倖が訪れた。当人はいなかったが、確か梶山季之経営の『魔里』という店で、声がかかったら動くべく、私はバーの暗がりにひっそりと身を置いた。山口瞳が前を通ってトイレに行き、帰りに私の存在に気がついた。

「談志師匠のお弟子さん？」

「そうです」

「もう芸名はあるの？」

「先日付いたばかりで、寸志と申します」

「寸志って、祝儀袋に書くあの――」

「はい、あの寸志です」

席に戻った山口瞳の、いい芸名を付けたねえとの声が聞こえた。何、どういうこと？ともう一人の作家が言い、山口瞳が寸志の件を伝えると、談志の弟子で寸志か。こりゃ傑作だと言ったのは吉行淳之介だった。芸名のこととは言え、私が話題になっている。私は以来、山口瞳と吉行淳之介の読者になった。もちろんまだ見ぬ梶山季之もその対象となった。

そして作家への憧れを募らせた。

私は二ツ目時代、師弟の不思議をよく考えた。入学でもない入社でもない入門という形式。だから談志は教師でも上司でもない師匠という存在で、徒弟制を含め、何とかそれを言葉や活字にしたいと思うのだが、ままならなかった。そこへ真打昇進試験があり、落とされ、脱退となった。閃いた。これを軸にすれば師匠や徒弟制が書けるのではないかと。

その小説は『屈折十三年』のタイトルで文芸誌に載った。喜びも束の間、続きを書けと言われ、二作書いたが、それが単行本になるには数年を要した。その小説集『シャレのち曇り』に何回か増刷がかかり少し話題になった。そういうものなのか、エッセイやコラムの連載をという声がかかった。何人もの編集者と会い、打ち合わせを重ねた。

そんな編集者の一人に小田部クンがいた。最初はサブの形で上司とともにきたが、次に一人で現れた時は、一冊を作れる権限を持っていた。上司がもたらした情報は、前社における『たまごクラブ』『ひよこクラブ』という雑誌のネーミングが彼であることと、大学時代はオチケンにいたということだった。

小田部クンがぜひ一冊にと持ち込んだ企画は『死語の世界』というものだった。東北の震災直後だったので、死後の世界?と受け取ったが、彼は、死んでしまった言葉、死にかけている言葉のことですと言った。そっちか、天が許しませんとか。

「まさにそれです。黒門町の言葉ですよね」

「お天道さまと米の飯はついて回るってのも落語に出てくる」

「『唐茄子屋政談《とうなすやせいだん》』の中の名台詞です」

さすがは元オチケン、打てば響くだ。桂文楽を黒門町と言い、ネタもたちどころに出てくる。死語の世界はいい。上手くまとめれば落語の世界が描けるかもしれない。さて昭和の名人のフレーズや落語からいくつ引っ張り出せるか。私は小田部クンと頻繁に会い、互いがチョイスしたメモを擦り合わせ、次々と掲載候補のフレーズがリストアップされた。酒が入ると更に盛り上がり、時に朝帰りとなった。侍、商人《あきんど》、職人編と分類も進み、フレーズから入るものの、必ず落語そのものの話となり、話題は尽きなかった。ハシゴをしても勘定は、小田部クンの出版社が持った。その代わりに価値のある本を作ればいいのだ。小田部クンは年下であるが、私は大威張りでご馳走になった。

幾夜にも亘る打ち合わせの効があり、本の目途が立った。夏のやけに蒸す晩だった。小田部クンが日暮里寄席にやってきた。クーラーの効いたロビーで、私は小田部クンのスーツ姿を見て言った。

「どうしたの、パリッと決めちゃって」

あれ？　反応がない。表情も強張っている。その刹那、小田部クンはガバと土下座をした。ああ、これが噂に聞くあれか。私は瞬時にそう思った。著者と担当の現場が盛り上がっていても、上からストップがかかることがある。社内事情で企画が頓挫したのだ。『死語の世界』は潰れたのだ。

「弟子にしてください」

いま弟子にと聞こえたが、幻聴だろうか。周囲に目を配る。カメラが仕込まれてないか。ドッキリを仕掛けられるはずもないが、目は探した。小田部クンの袖を引いて立たせ、ソファに座らせた。

「どういうこと？」

「打ち合わせを重ねるうちにスイッチが入ってしまいました。一度は諦めて編集者になったのに、落語への未練に火がついてしまってどうにもなりません。どうか弟子にしてください」

「今いくつよ。確か四十は出てるよね」

「四十四歳です」

「二十年遅いよ。どうすんのよ暮らしは」

「貯えがいささかあります」

「カミさんは何と？」

「女房も同じ大学のオチケンでした。このところの熱に気がついていて、話したら分かってくれました」

「子どもは？」

「ありません。女房は地方公務員で、定年までは支えると言ってます」

うむ、だいぶ固めてきてる。食う心配はないということだ。夫婦で何度も話し合ったのだろう。弱った。断る理由が次々と潰される。

「歳のことだけど」

「無理でしょうか」

「無理とまでは言わないけど、二十代やうっかりすると十代の前座と働くんだぜ」

「それは問題と考えていません。敬意を持って接します。今をおいてありません。どうか私を弟子に」

そこまで考えているのか。

「なら今度はこっちがご馳走する番だな」

「いま何と？」

「弟子にするしかないと言ったんだ。何度もご馳走になったからな。四捨五入すりゃ四十四は四十だし」
「あ、ありがとうございます」

小田部クンに、すぐ寸志という名をやった。私の前座時代の名で、スンシとしか読めず、覚えてもらえるうってつけの名だ。小田部クンはその名を喜んだが、私には残念に思うことがあった。彼が落語家になったことで『死語の世界』の出版が本当に飛んでしまったことだ。そして彼の入門を機に、私は中年再生工場を標榜するようになった。

寸志の挨拶回りは順調のようだった。出版関係や作家への挨拶だが、反応を想像してみた。残るべきだと面白い転身だねが半ばすると思ったが、報告によると、意外にも面白い転身の方が多かった。頭打ちの業界にいても先はない。ラストチャンス。応援する。思いっきりやりなよなどと励まされ、中には羨ましいまであったという。彼の入門時、すでに出版不況は囁かれていたのだ。

「一門の吉田顧問のところへは挨拶に行ったか」
「それが――」

珍しく歯切れが悪い。
「担当だったろ。寄席芸人のことを書いてる人だし」

「はい、落語への熱が沸騰してる時、仕事の件で電話しまして、いい機会だとそれとなく匂わせましたら、大反対を受けました」

「大反対？　理由は」

「歳のことです。オレは四十以上の弟子入りを絶対認めないと」

「そうか、社会経験を考慮に入れない、そういう基準の人なんだな。でも一門の顧問だぞ。談志にも食い込んでることだし、こういうことになりましたと、一応ケジメをつけてこい。挨拶がなかったなんて騒ぎ出されたら事だ」

そう言って送り出したが、寸志は萎れて帰ってきた。

「どうだった？」

「バッサリと、一生贔屓にしないと断言されました。落語会の案内や、二ツ目、真打披露の招待状も寄こすなと。真打にはなれないだろうがなとまで――」

「おい泣くな。いくつだおまえ。それにしても酷えことを。仮にも編集で世話になった相手だろうが。それが一門顧問の言うことか」

そうは寸志に言ったが、挨拶に行けと命じたのは私だ。寸志を慰めなければならない。

「そうか、とんだ言い草を食らったな。その罵声を励みにするしかないだろう。苦しい時にその言葉を思い返すんだ。見事、真打になって見せろ。ぐうの音も出ない凄い真打になって見返してやれ」
我ながら月並みな言葉だと思ったが、入門早々の中年男にかける言葉として、これ以上のものがあったろうか。吉田顧問の罵声を直に浴びたのは寸志だが、向けられた刃の矛先は私も同じだ。いや、私への方がむしろ強いだろう。吉田顧問は私の中年再生工場の方針に反対すると、ハッキリ言ったのだ。それを肝に銘じて生きるしかないと、誓い合った晩だった。飲んだなあ。

その年、二〇一一年の十一月に談志が死んだ。闘病があっての享年七十五だが、やはり少し早い。舌禍事件も起こしたが、売れに売れた人だからマスコミの扱いも大きく、弟子として誇らしかった。談志の死をベルリンの壁に例える弟子がいた。少々古いがいい例えだと思い、上手いと声が出た。さてそれは談春だったか志らくだったか。他の弟子がどう考えてるかは知らないが、談志はいつも私の前に立ち塞がった。上手くなれ、売れろと言い、少し売れると売れ方が悪いと批判した。オレを否定してみせろ乗り越えろも口癖で、何とか振り向かせよう、認めさせようとない頭を絞った。その人が消えたのだ。喪った悲しみは悲しみとして、これからはどう思われるかを気にしなくていいのだ。いや自分の判断しかないのだ。私は大きな開放感を味わった。

寸志が高座での自己紹介を「遅れてきた落語少年」と言った。その通りのいいコピーだ。いつ出るか分からない突発的な落語熱を、何度も宥めてきたことだろう。そこから解放され、高座は落語を演じる喜びに満ちている。聴くのと演《や》るのではまるで違うはずなのに、今、温存してきたものが迸り出ている。楽屋の前座仕事に完璧は求めない。寸志は四十四歳なのだ。こうすべきと思うのに、体が動かない。若いとそれを条件反射でこなすが、脳が命じないと体が動かないのは中年の特徴で、そこに苛立つ寸志を見るのはちょっと面白い。

落語好きな編集者だったから、話は合う。合いすぎるぐらいに合う。小説をけっこう読み込んでいるので、そっちの話もできる。いま雑誌はこうなってますなどと教わることもある。しかし酒を酌み交わすうち、勘定を払ってくれるのではないかとの錯覚に陥る。ともに本を作ろうとしていたシーンが甦るのだ。稽古してくださいと盛んに言ってくる。覚えたので聴いてください、直してくださいとも言う。私の前座時代、談志は厳しかったが、私自身はもう少し暢気だった。若さ故の驕りで、時間はいくらでもあると安閑としていた。休んでもサボってもすぐに取り返せるとも思っていたのは明らかで、だから寸志の貪欲さに目を瞠りつつも、たじろいだ。一瞬、なぜそんなにと思うのは悪い癖で、寸志は遅れてきた落語少年で四十四歳なのだ。

前座期間は長くても短くてもよくない。私は落語協会時代、二ツ目まで四年八ヶ月を要した。長いと思っていたが、何のことはない当時の平均だった。私は寸志を三年で二ツ目にと考えた。三年時点で談志基準の落語五十席を満たしていたが、私の判断で半年伸ばした。三年に当人が意外な顔をしたこともあるが、より楽屋の雰囲気を纏わせたいと思ったからだ。談志に倣い、談志ほど厳しくないが形式的な審査はした。日中、北澤八幡を借り、私が客席から寸志の高座を見た。なるほど客からはこう見えるのか等の発見があり、私はあえて寸志が不得手であろうネタをやらせた。ところが寸志はそれを軽々とクリアした。となれば得意のネタをやらせるまでもない。いつの間に習い覚えたか、音曲や踊りまで披露し、前座時代を密に生きたことを証明して見せた。文句なしの二ツ目昇進だった。

多くの落語家が真打になった時より二ツ目になった時の方が嬉しかったと口を揃えるが、それは楽屋仕事からの解放であり、自由な時間を持てるからで、長時間拘束、それが前座修行の本質なのだ。二ツ目は自分の出番の前に楽屋入りすればいい。お茶は前座が持ってくる。着替えだって手伝ってもらえる。利点を挙げればきりがないが、寸志もその獲得した時間を活用した。
まず稽古だ。私から私の兄弟弟子、果ては他流派まで出稽古に赴き、飛躍的にネタ数を増やし、同期を圧倒した。それらを披露する会場を求め、あちこちに小さな会を発足させた。いつしか党派を超えた会の常連出演者になり、主催者から『楽しみな二つ目賞』をもらった。近郊某市の若手落語選手権では、初出場で二位に食い込んだ。一位でないのが悔しかったか、一年置いて再挑戦、またしても二位であった。ダメだったのは、報告の電話の声で分かった。低いが無念が滲んでいたのだ。私は、二位けっこう、二番手はいいぞと明るく言った。目の前の敵をじわじわ追い詰めるんだ。そのうち敵の方から落ちてくる。一番を目指すな二番手でいい。勝ちに行きたがるのは分かるが先の長いレースだ、ゆったり構えろ。電話を切り、しまった、あいつはオジさんだったと気がついた。先の長いレースと言っちまったぜ。

ここへきて落語コンクール、落語選手権のようなものが一段と増えた。寸志が挑んだのもその一つだが、私の二ツ目の頃にあったのはＮＨＫの『新人落語コンクール』ぐらいだった。その名が変わった『ＮＨＫ新人落語大賞』で、二〇二二年に真打昇進を決めたのは談笑門下の吉笑《きっしょう》だ。新作の『ぷるぷる』を引っ提げ、満点のぶっちぎり優勝、一気に昇進を決めたのだった。吉笑には続きがあり、余勢を駆って『公推協杯全国若手落語家選手権』に出場、後進ではあるものの厳しい審査で知られるこの選手権で、またも優勝してしまうのだ。勢いに乗るとはこのことだろうが、吉笑が称賛されたのはその賞金五十万円を、地震に苦しむ能登にそっくり寄付してしまったことだ。真打になるにはカネがかかる。その費用にしてもよかったが、吉笑はどうせ無駄遣いしてしまうんですからと、恬淡としていた。これには唸った。

私は一度だけNHKのコンクールに挑んだ。一九八〇年の春に小朝師が三十六人抜きで真打に昇進したその秋だった。二ツ目として三十六分の一を構成しただけなのに、その悔しさは猛烈で、何としても一矢を報いたいという思いだった。動機が不純だったのだろう、準優勝に止まり、優勝には手が届かなかった。準優勝は優勝に敵わないという事実を思い知ったはずなのに、すうっと悔しさや怒りが消えていったのを覚えている。不思議に思ったが、やるだけのことはやったと満足したのかもしれない。

コンクールや選手権への出場は、だいたい芸歴十五年未満の二ツ目が対象だ。だから、私は二ツ目の弟子に、コンクール系には何でも出ろと言っている。落ちても実力だと思って凹むな、勝負は時の運なんだと。運とは言い切れないが、まあそう言っている。

一門の総会が開かれた。総帥の談志亡き今、一門の代表ぐらいは決めようということだ。若手は志の輔を代表に推した。妥当であるが、志の輔は熱弁を振るった。

「私は談志のカバン持ちとして、新宿末広亭に入ったことがあります。ラフな洋服姿でした。つまり着物を着て落語協会の楽屋で働いた経験がありません。脱退しなければそのまま働いた可能性はありますが、現在、望んでもそれは叶えられません。したがって協会の寄席の楽屋をよく知り、そこで前座修行をし、二ツ目を経て真打になり、今日を迎えている、生え抜きの惣領弟子こそが代表に適任だと思います」

説得力に唸った。堂々たる論陣だ。同時に、忙しいところへ時間を取られる代表にはどうしてもなりたくないのだなと思い、少し笑った。

外様の惣領弟子である桂文字助が立ち上がった。そう、談志もまた師匠を亡くした落語家を預かりという名の弟子にしたのだ。

「志の輔に賛成だ。古いというだけの外様のオレが代表なんてのはおこがましいや。オレは降りる。おい志の輔、生え抜きの惣領たあいいセリフを吐くじゃねえか」

文字助も後押しをし、生え抜きの惣領である土橋亭里う馬が代表に決まり、異議なーしの声とともに拍手が巻き起こった。志の輔はホッと安堵の表情だ。

吉田顧問の手が上がった。

「家元である談志師匠が亡くなり、僕の仕事も終わりました。責めは十分に果たしたつもりです。長い間、ご協力ありがとうございました」

パラっと散発的な拍手があったが、すぐに止んだ。吉田顧問の退任が自動的に決まった瞬間だった。寸志の表情を見たかったが、あいつは私の後方の席にいて、首を捻じ曲げ振り返るのは不自然だった。帰りに声をかけた。寸志は驚きの表情のまま言った。

「誰も引き止めませんでしたね」

「だろう。あのシーンがすべてだ。吉田顧問はあんたやオレだけでなく、あちこちでやらかしていたということだ。あのパラっというまばらな拍手を聞いたか。儀礼でもあの少なさなんだ。どうだ、ガンを飛ばしてやったか」

「いえ、一度もこちらを見ませんでした」

後日談になるが、この総会から十三年後の令和六年、西暦二〇二四年の新年会で、長く代表を務めた土橋亭里う馬が降り、新代表に志の輔が就任する。補佐が談春と志らくで、これで運営はすべて立川流以降の弟子に委ねられた。

里う馬は固辞する志の輔を根気よく説得したという。そうでなくても忙しいし、代表は煩雑だ。そんな志の輔の気持ちはよく分かる。里う馬はそこを口説いたのだ。去年、家元の十三回忌は済んだし、立川流も創設四十周年を迎えた。いつまでも立川流以前の弟子が噛んでるのはよろしくない。世間からは旧態依然に見える。刷新だ。それには立川流以降の弟子が運営するに限る。新たな第一歩だ、ぜひ引き受けてくれ。旧態依然、刷新、第一歩という言葉を混ぜて何度も口説いたのは効果があった。ついに志の輔は腹を括り、受け入れたのだ。退任する里う馬に、盛大な労いの拍手が送られたのは言うまでもない。

そのセレモニーが乾杯前で、そこから祝宴に入ったのだが、宴半ばで志の輔、談春、志らくが再び壇上に揃った。司会が声を張った。

「これより新体制からの発表があります」

新体制となった直後の発表である。一同は理解する。これは里う馬と新体制の根回しの結果であると。はて、発表とは何だろう？　志の輔がスルッと言った。

「今年の立川流は法人化を目指します」

一門がどよめいた。そうか、そうきたか。それはかねてからの懸案で、折々の議題となったが、立川流は法人化しないで概ね一致していた。国の世話にはならないと言えばカッコいいが、本音はメンドクサイにあった。そういうのが嫌だから落語家になったんだという意見すらあった。若手からの強い要望ですと志の輔は言った。そして志の輔の説明は落語の仕込みをするように丁寧だった。仕込みをちゃんとやらないとオチが生きないのだ。

　普通若手と言えば、二ツ目や真打になって五年前後を指すが、法人化を目指す理由は、若手のみならず全体に関わるコロナ禍のことだった。仕事を奪われ収入を失ったのも痛手だが、客の前で落語を演じたいという本能を否定されたに等しく、またすぐ補償してくれでもなく、せめて文化庁等と交渉する資格を持ちたいということだった。志の輔の説明に一同が激しく首肯いている。

「ということで法人化を目指しますが、これはここだけの話ということで、どうかご内聞に」

　オチは箝口令であった。


　そして令和六年六月六日、立川流は一般社団法人となった。六並びに意味はない。覚えやすいということだけだ。法人化が近いとは聞いていたが、新聞に小さく「落語立川流、法人化」と載った。新体制が発表する前である。これはどこかから漏れたということだが、調べるまでもなく、新体制三人のうちの一人がポロッと高座で喋ったと知れた。客席に新聞記者がいてという経緯で、一門は箝口令を敷いた側が喋ったのかよと突っ込んだ。本当のオチは新年会の半年後にきたのだ。

新体制は記者会見を開く手間が省けただけで、以降、何の動きもない。事務所がないくらいだから、専従者もいない。三人に近い若手真打が動いているとのことだが、私はまだその動きに辿り着けていない。法人化を目指すと言った時の、あの熱気を一門が覚えていれば幸いだが、来年の新年会で何らかの発表があるのだろう。

寸志が新たに立ち上げた『滑稽噺百席』という企画はいい。トータルで百席に満たない真打がゴロゴロいる中、滑稽噺だけで百ってのがいい。寸志の落語への熱さに気づく人は必ずいて、そのブレーンとの話し合いの中で出た案だという。こういう会をやることにしましたと報告にきた時、まず褒め、しばししてスタートを知った。この滑稽噺百席を、寸志は五年かけて完走した。気分が落ち込む日に滑稽噺を演《や》るという矛盾も経験したに違いない。兎にも角にもやりきったのだ。企画を聞いた時、その終了時が真打昇進の目安と思ったが、寸志とブレーンは更に『トリ噺五十席』に挑むという。ますます真打への機は熟した。

と師匠としては思うのだが、寸志に気負いはない。確かに立川流一門には上が何人か詰まっている。弟子をいつ真打にさせるかは師匠の任意になって久しく、だからそろそろと思うのだが、寸志の頭は思いのほか古く、年功序列を重んじるらしい。抜擢を受け、上を追い越すことは望まないのだ。私も何人かに追い越された口だから、その考えはよく分かる。だけどあんたは四十四歳での入門だ。遅れてきた落語少年だろうが。少しは焦れよ、しかしドッシリ構えろと、私は矛盾したアドバイスをしたが、寸志はドッシリ構える方を取ったのだ。しかし一方で『寸志の立川流　真打カウントダウンプロジェクト』なる会も発足させていて、どういうことだ。真打になりたいのか、なりたくないのか。まあ還暦までに真打になればいいか。それが入門時の約束だからな。そうなれば、弟子として初の生え抜き真打の誕生だ。もちろん、預かりのわんだが悪いというわけではない。わんだは私の惣領弟子であり、一番弟子なのだ。

女子入門

彼女はお江戸日本橋亭に現れた。常連は楽屋口を知っている。そこは差し入れが届けられたり、落語ファンが演者にちょっとした感想を漏らす空間なのだ。私に若いファンは少ない。中高年が多く、互いに、ともに生き、ともに滅びましょうと言える仲だ。そんな一人かと思ったが、見かけない顔だ。そう言えばこのところ、客席後方に似たようなシルエットがと、目の悪い私は勘に頼る。よもや弟子入りとは思わないから一般のファン扱いをし、だから入門の申し出には面食らった。

今にして思えば、だん子《こ》に失礼なことを言った。私は女性に落語は向いてないと言ってしまったのだ。だん子はそれでも、せめて履歴書をと言い、クリアファイルを私に押し付け、帰って行った。心なしか後ろ姿が萎れて見えたが、これで諦めてくれればいいと私は思った。履歴書は持ち帰ったが、年齢確認だけをし、経歴は読まずに放置した。実年齢より若く見える。円満な丸顔で、笑顔がいい。愛らしいとも言える。いけないいけない、私は中年再生工場を標榜しているが、そこに女性部門をと考えたことはないのだ。

翌月、だん子がまたお江戸日本橋亭にやってきた。立川流は月に二日、ここで昼席興行を打っているのだ。今度はハッキリ、弟子にしてください、ダメだの押し問答になった。女性は弟子に取らないとも告げた。帰宅し、とりあえず履歴書には目を通した。ほう、女子大を出たあと少し長い勤め人の経験があるのかと。そのうち楽屋に噂が立った。談四楼が女と別れ話で揉めている。今度は年増だと。楽屋の創作力に笑った。弟子にしてくださ い、ダメだ帰れのやりとりは、音声を消して傍から見れば、別れ話に見えなくもないのだ。

またきますと言った通り、またしてもだん子はやってきた。最後通告のつもりでどっさり宿題を出した。落語の歴史をレポートに。昭和の名人、志ん生、文楽、圓生の芸の違いと特色を、最低十席を挙げてレポートに。これは時間がかかる。調べた上での考察なのだ。相当に面倒くさい。さぞウンザリし、結果、諦めるだろう。互いの幸せのためだ、さあお帰り。彼女はメモをしまい、分かりましたと言って去った。これで私も解放されるのだ。

二ヶ月が経過した。彼女はやってこない。しめしめ、音を上げ、諦めたのだ。ところが三ヶ月も経った頃、分厚い二冊のノートを携え、だん子はまたもお江戸日本橋亭に現れた。ノートは明らかに使い込まれていた。喫茶店に誘うしかない。ざっとノートに目を通す。

「落語は東西ほぼ同時に発生。西は大道芸、東はお座敷芸に端を発して発展。おとし咄をするところから咄家と言われたが、落語家との職種を得るのは明治に入ってで、つまり維新以降。小咄に毛の生えたようなものが今の一席の形になるのは明治の中頃。同時に寄席も飛躍的に増え、町内に一軒はあるという隆盛を極める——」

うん、かいつまんでだが、よくまとまっている。ベストセラー作家・三遊亭圓朝とある。大圓朝のことだ。幕末から明治にかけ活躍した人で、我らはその遺産で食っていると言っても過言ではない。『芝浜』『真景累ヶ淵《しんけいかさねがふち》』『鰍沢《かじかざわ》』みんなそうだ。

「——盛んにネタを発表する中、師匠圓生の嫉妬に苦しめられるが、それでも研鑽を重ねてやり遂げ、そこへ速記術が導入され、それが本になり、ベストセラーとなる。『塩原太助一代記』は当時の文盲率の中で十六万部を売り上げ、現在ではミリオンに匹敵——」

「桂文楽は若くして売れ、生涯売れ続けた。古今亭志ん生と三遊亭圓生はうだつが上がらず、戦時中、中国の関東軍の慰問に活路を求めた。ところが敗走する関東軍に置き去りにされ、辛酸を舐める。苦労の甲斐あってか、戦後ともにその芸を花開かせる――」

その中国時代を書いた井上ひさしの『円生と志ん生』が参考資料として挙げられていた。芝居にもなったあの本だ。それから三者の十席ずつの演目が並び、彼女なりの考察が記されていた。鋭くはないが、またそれを求めてはいないが、それでもズブの素人にはない考察だった。知っていることがほとんどだが、どう調べたか私の知らない記述もあり、少し唸った。よくここまでと言うと、彼女は図書館が近いものでと答えた。続けて宿題ですからと言ったが、少し顎を出しての宿題ですからの言い方に勝ち気を感じた。この性格は向いているかもしれない。根負けの形だが、こうして彼女は、私の弟子だん子になった。もちろん年齢と女性であることのハンデはついて回ると釘を刺した。

だん子は女子大を出て本田技研工業に勤め、翻訳の仕事に携わった。

「翻訳？　英語ペラペラか」

「いえ、ヒヤリングは多少できますが、あまり喋れません。自動車やバイクの日本語の専門用語を英語に訳すのが仕事でした」

分かったような分からない話だが、まあそういう仕事があるということだ。

大叔母が患い、介護のために二十数年勤めた会社を辞めた。

「母も高齢ですし、他に面倒見る者がいなかったものですから」

そうだ、父親は早くに亡くなってるんだ。その大叔母は認知症が進んでいたが、落語のCDを聴かせたら目が輝いた。そのとき落語の力を知り――と、そんなことが履歴書に書いてあった。その大叔母を見送り、お江戸日本橋亭にやってきたと。そうだ、師匠の著書のファンですと抜け目なく添えられていたっけ。

だん子という名前はどうだ。うちはな、歌舞伎のパクリが多いんだ。里う馬兄さんは前座の頃、市川團十郎の向こうを張って立川談十郎と言ったんだ、凄えだろ。だけど鈴本演芸場に談十郎とは前座のくせに生意気だと難癖をつけられて談十になっちゃったんだ。一転して間抜けな名前さ。左談次がいて談四楼がいる。澤瀉屋《おもだかや》つながりでだん子だ。だんが平仮名で柔らかい。子の字で女性だと分かるという寸法だ。どうだ。

「ありがとうございます」

芸名がついてすぐ、だん子は埼玉の朝霞から私の近所に越してきた。私は用を頼みやすいが、いいのかお母さんは。

「近ごろ私に頼りっきりでしたから、いい薬になると思います」

いいねえ、勝ち気強気が全開だぜ。高座は明るくていい。教えた通りにハキハキ喋っている。何より嬉しそうだし、楽しそうだ。これから何かを取り戻すぞとの意気込みも感じる。そう、始めたのが遅いんだもんな。寸志もいるし、うちは中年再生工場なんだし、のびのび喋ってくれ。おや、だん子が高座で気になることを言ったぞ。

「入門三ヶ月で十五キロ痩せました」

得意げな口調から前座修行はダイエットにいいぐらいの気分だろうが、なんだか私が必要以上にこき使っているようにも聞こえる。そんなことはない。お姫さまのようにはいかないが、重いものを持たせぬ等、これでも初の女性にけっこう気を遣っているのだ。だん子が男の弟子と同じ扱いをと言ったにもかかわらずだ。

ネタも増え、順調に修行を積み、二ツ目への折り返し地点の頃、相談を受けた。他協会の二ツ目の会に駆り出された折、打ち上げで知り合った男性客から会わないかと誘われていると。

「それは二人っきりでということか」

「ハッキリとは仰らないんですが、そういうニュアンスです。今後を考えますとお客さまは一人でも多い方がいいと思いますが、どうしたものかと――」

なるほど、これが女性を弟子に持つということか。私は三人の息子の父親で、娘はいない。それもあり、どう答えていいか分からない。男の弟子なら勝手にしろだが、だん子の場合そうはいかない。

「その客をあなたが好ましく思ってたら一人で行きゃいい。そうでなかったら、同期か後輩を連れていきな。その時の反応でどういう人か分かるから。受け入れてくれれば長いお客さんになる可能性もあるし――」

そんなアドバイスのようなことを口にしたが、適切かどうかは分からない。報告はないし結果は聞いてないが、まあ何とかなったということだろう。


だん子の存在が一門にハッキリ認識される瞬間が訪れた。談志はすでに亡かったが、あれはコロナ前の時間がゆったり流れている頃だった。

それは新年会の中で起こった。我らは宴会中、前座や二ツ目の余興を楽しみとするが、幹事が凝りに凝って作ったカルトクイズにものめり込む。一門しか分からない、いや一門でも分からないクイズで、酔いが手伝うから混迷を極めるのだ。例えば談志に関するもので、何年何月何日に何々地方の何々ホールで演《や》った独演会の二席目のネタは？というクイズだ。これはお付きの前座にしか分からない？　いや、その折の前座は二ツ目になって久しく、だからその二ツ目の記憶も定かではない。酔った頭で必死に考える。あの頃よく演っていたネタは『やかん』だが――。しかしそこで司会が言うのだ。因みに一席目は『やかん』でしたと。やられた。さて『やかん』とセットのネタは。そしてついに、時間はかかるものの、誰かが正解に辿り着くのだ。そしてその男はかなりの額のお年玉をゲットするのだ。

「さあ次はカルト中のカルトです。この会場に只今ＴＢＳで売り出し中の志らく師匠と同い年で、しかも誕生日が一日違いの人がいます。その人は一体誰でしょう」

志らくと同い年？　誕生日が一日違い？　いたかそんなの。

「ハイ、早いもの勝ち」

誰も声を発しない。みな首を傾げている。ザワザワするばかりで誰も手を上げない。本当にこの中にいるのか。司会の幹事にして年番が咳払いをして胸を張る。

「クイズを作った甲斐がありました」

そして彼は一調子張り上げた。

「それは談四楼門下のだん子さんです」

おおと、場内が大きくどよめいた。挙句にオチがついた。

「何とだん子さんは志らく師匠より一日だけお姉さんなのです」

私は弟子のことなのに奇声を発し、大きく拍手をしていた。だん子の実年齢が一門に浸透した瞬間だった。履歴書を見たはずなのに、いつの間にかそこがスポッと抜け落ちていた。だん子の落語家としてのキャリアが志らくと同等であれば、クイズにはならなかったろう。だん子の五十一歳という遅い入門が盲点となった。だん子もまた中年再生工場の紛れもない一員なのだ。

私には考えの及ばない苦労はあったと思うが、だん子は上手く泳ぎ、四年で二ツ目になった。女性であることと年齢のハンデがありながら、よく潜り抜けたと私は褒めた。明るさを失わぬ落語もいいし、ネタも着実に増やした。そこに講釈ネタを一つ加えろと注文を出した。それが二ツ目昇進の条件だった。だん子は講釈師の下に通い、基本の『三方《みかた》ヶ原《はら》軍記《ぐんき》』を稽古してもらった。手こずったらしい。教える側も教わる側もだ。前に釈台と張り扇がある。話法も発声も微妙に違う。落語のように覚えられない。修羅場は唄うようにとアドバイスしたが、参考になったかどうか。何日にも亘って稽古をつけてくれた神田阿久鯉《あぐり》には感謝しかない。

だん子という弟子がいることが普通になった。

「落語はこれまで、男が作り、男が演じ、男が聴いてきた。女は芝居に興じ、寄席の客席に女が混じるのは戦後のことだ」

かつて談志がそう言い、私はその意見に同意していた。何人かの女性の落語家を見たが、まず発声に馴染めなかった。職人をどうしてその声で演るのかと。着物にしても、着流しに角帯はいいが、腰骨が張っているから女性の特徴が強く出てしまう。角刈りを見るに及んで、勘弁してくれと言いたくなった。頸《うなじ》、つまり首の線が女性そのものなのだ。

そんな考えだった私の前に、今やだんご子が一人の落語家として普通に存在している。楽屋で接し、地方公演に伴い、その中で、うっかりすると女性であることを忘れてしまうことさえある。強く小言を言い、泣かれて、そこでああそうだったと思い出すのだ。人間、変われば変わるものだと実感する。だんご子が私の偏見を矯正してくれたのかもしれない。

二〇一八年秋、二ツ目の晴れ舞台はお江戸日本橋亭だった。だんご子にとっては忘れられない寄席であろう。入門の経緯を思うと、私にも感慨があった。だんご子の黒紋付羽織袴姿はキリリと似合った。男前だった。その姿での『三方ヶ原軍記』は、拙《つたな》いがよかった。必死にチャレンジする熱があった。熱は当然客に伝わり、大きな拍手がそれを物語っていた。だんご子はわざと男らしくすることなく女性が女性まま男性のネタをやるようだ。女性用の着物を着たり、女子大の卒業式のごとく袴を付けたりした時期もあったが、今は男用の着物に角帯、羽織で高座に上がっている。あえて声を作らず、自然に発声している。そしてそれが板についてきた。だん子、試行錯誤してそこへ行き着いたんだな。それでいい。

打ち上げに本田技研工業時代の上司が出席してくれて「優秀な社員でした」とスピーチをした。私が別の人生もあり得たわけだなと言ったら、だん子は「いえ、この道で正解です」と言い、ヨイショだヨイショだと大勢に囃され、揉みくちゃになった。

だん子は昇進と同時に埼玉の母の許に帰り、朝霞で公民館を借り、小さな落語会を発足させた。そうだだん子、二ツ目になるとはそういうことだ。時間を利用し、ネタを増やし、同時にこれまでのネタを磨くのだ。お母さんを寂しがらせたから、孝行もしろよ。

二〇二二年の暮、依然コロナ禍ではあるが、下火にはなっている折から、集まろうということになった。歳暮の時期であるからだ。弟子六人に私の最寄り駅近くのデニーズにきてもらった。これまで歳暮や中元は各自が持参したが、私の息子は名古屋や大阪にいて、家族は縮小している。つまり歳暮に食品が届けられても、消化しきれないうちに中元の季節がやってきてしまうのだ。そこで近年、私に欠けているものをもらうことにした。歳暮はCDプレーヤーが壊れたのでそれにしてもらい、中元にはシェーバーをリクエストした。

高いものではない。一人二千円も出せば十分なものが買える。飲み物とサンドイッチ等の料金は私が払い、各自に二千円ばかり電車賃を持たす。弟子に損はない。儲かりもしないが。

談志が言った。

「盆暮の挨拶は儀式だ。師弟に欠かせないセレモニーだ。オレは金持ちだから何でも買えるが、おまえたちがカネを出し合って何か持ってくる。そこに価値があるんだ。オレは飲み食いさせ、近況を聞き、一門の方針を説明したり、アドバイス等をする。互いが使うのは気と時間だ。いいか、続けろよ」

まあ私はそれを実践しているわけだが、弟子もまたいつかは一家を成し、同じことをするのだろう。私も一応師匠らしきことを言い、雑談に入った。

だん子が、頸椎からきているとかで、右だか左だかの肩から二の腕が痺れると言う。何か覚えがあるのかと私が聞いた時の、だん子の返答が凄かった。

「前座の頃に重いものを持たされたせいだと思います」

驚いた。スコーンと言い切った。隣にいた寸志が、おいおい何を言い出すんだと慌てたが、だん子は尚も言った。

「それしか考えられません」

おお、またしても言い切った。私はだん子の天然ぶりに、思わず吹いた。だってその重いものはオレが持たせたってことになるじゃないか。その痺れはオレのせいってことじゃないか。私はだん子に笑顔で向き直った。

「オレが着物以外のものをあんたに持たせたことがあるか。地方なんぞで土産に酒の一升瓶を持たされることがあるよ。地酒だ。一本だと宅配にしてくれとは言いにくいよな。それをあんたに持たせたか。オレが持ったよな。昔話をする。オレが前座だった頃、談志と水戸へ行ってな、帰りに客から那珂川で獲れた鮭を持たされたんだ。六本だ。いいか、談志の着物と自分の着物と鮭六本だ。これは重いぞ」

だん子が何か言いたげだ。何だ？

「でも列車内では網棚に置けますよね」

「確かにそうだが、では乗る前、降りてからはどうだ。やっぱりオレが持つんだよ。オレがあんたに鮭を持たせたことがあるか」

「ありません。いただいたことがありませんから」

勝ち気だとは思っていたが、ここまで強情でもあったとは。寸志は引きとめるのをやめ、笑ってやりとりを見ている。そろそろオチをつけよう。私はだん子に言ってやった。

「だん子よ、あんたの腕の痺れはな、歳のせいだ」

だん子以外の弟子がドッと笑った。だん子はこれ以上ないという膨れっ面をした。まるで子どものケンカだった。

半年もしないうち、またまただん子がやらかした。だん子が一門古参の里う馬をしくじった。里う馬十八番《おはこ》の『禁酒番屋《きんしゅばんや》』を稽古してもらったはいいが、途中で放り出したのだ。というのが里う馬の見方で、だん子にはだん子の言い分はあるのだが、私から見てもだん子の分はよくない。上げの稽古というものがある。教えてくれた人の前で習ったネタを披露し、高座で演っていいと許しを得る稽古だ。その稽古に挑んだものの、だん子に許しは出なかった。水準に達しなければ許しが出ないのはありがちなことで、そこに問題はない。そしてその直後にだん子は捻挫をする。足首だ。正座ができないので稽古に通えない。その旨はとりあえず里う馬に伝えたが、捻挫は癒えず長引いた。だいぶよくなり、そろそろという時、里う馬から稽古にくるに及ばずと申し渡された。これが経緯で、どうしたらよいかとだん子から相談を持ち込まれたのだ。

これは小言になる。里う馬師匠になぜ捻挫の経過をまめに連絡しない。なぜ放って置く。なぜ被害者づらをする。捻挫は不注意、自己責任だ。椅子に座っての稽古をなぜ交渉しない。覚えた噺の上げが目的で、どうあっても正座だと強要する師匠はいないんだ。今回も詫びを電話で済まそうとしているだろう。いきなり自宅だと迷惑だから、出演している寄席を訪ね、対面で詫びを言え。ひたすら詫びろ。『禁酒番屋』には触れるな。里う馬師匠が言い出さなかったら『禁酒番屋』は諦めろ。さあ詫びてこい。そう言って送り出したが、首尾は？

「私の至らなさとともにお詫びしてまいりました」

「で、ネタの話は出たか。『禁酒番屋』だよ」

「何も仰いませんでした」

「そうか、詫びを入れた事実は認めるが、それとネタの件は別だということだ。ところで里う馬師匠にはこれまで何席習った？」

「『禁酒番屋』が初めてです」

「おいおい、いきなりが『禁酒番屋』かよ。あのなだんん子、大ネタを稽古してもらいたい時は、まず小ネタを習うんだ。前座噺とか軽く出るんだ。次に中ネタを習って信頼関係を築き、そこで初めて『禁酒番屋』なんだよ。ちゃんと手順を踏め。いきなりでカチンときただろうによく稽古をつけてくれたもんだ。いいか、『禁酒番屋』はあの師匠が長く培ってきたネタなんだ。チェックが厳しくなるのは当たり前だろうが。正座が痛きゃ立ってでも上げてもらうべきだったんだ。そうすりゃ熱意も誠意も伝わったんだ。この一件は忘れろ。でな、これからは里う馬師匠には誠意を持って接しろ。余計なことは言うなよ。黙って普通に接するんだ」

　だん子は少しだけ頬を膨らませたが、割と素直に分かりましたと頭を下げた。しかしだん子は『禁酒番屋』をどう演じるつもりだったのだろう。アメリカで言えば禁酒法時代で、お殿様が気まぐれか確信的にか禁酒を命じた。士農工商すべてにだ。禁酒となれば飲みたくなるのは人情で、酒好きの近藤という武士が飲みたがった。酒屋に持参せよと命じるも、番屋の役人に厳しいチェックを受ける。菓子屋から当時流行りのカステラを持参しましたと言い、通ってよしと言われるもカステラを持ち上げる際にどっこいしょと言ってしまい、怪しまれる。カステラの箱から五合徳利が二本出て、水カステラと言い繕うも酒と発覚、没収の上、この偽り者めがと叱られ、追い返される。では油屋が油を届けることにしようとなるが、これも酒と発覚、またも没収され、この偽り者めがと追い返される。二升の酒を取り上げられ、飲まれてしまった酒屋は悔しくてたまらず、一計を案じる。向こう横丁の小便屋が小便を届けにきたと。番屋の役人はべろべろになりながらも、小便だと、一体なんのために？　酒屋は、なんでも松の肥やしにするとかでともっともらしいことを言う。酒だと思い込んでいる役人、今度は燗をつけて参ったかと気づかない。揺さぶったな、静かに運べ、泡立っておる。この酒は目がチカチカする。役人、一口飲んで吐き出し、これは一体なんだ？　ですから私、最前から小便だと。役人、思わず、この正直者めがぁ。

これが『禁酒番屋』の概要だが、紛れもない下ネタである。向こう横丁の小便屋、徳利の中身は小便。そしてそれを飲む所作もある。おじさんやお爺さんが演る分には爆笑のネタだが、だん子はどう表現するつもりだったのだろうか。まあしばらく演る機会が失われたので安心はしているが。

後に楽屋で会った里う馬を、私がフォローしたのは言うまでもない。里う馬は、笑いながら言った。

「だん子の度胸は買うよ」


だん子も早いもので十年選手になった。

「あけぼの会も間もなく百回になります」と彼女のSNSにあり、嬉しそうだ。地元で始めた自分の落語会のことで、ほう、もう百回かと私も喜んだ。継続は力なりと言うが、だん子、これは信じてもいいぞ。重ねたやつが勝者なんだ。しゃにむに勝者を目指すこともないが、淡々と会を積み上げるんだ。

その年の暮れ、久しぶりに広小路亭で会った時、その会が百八回を迎えたのを知った。除夜の鐘だねと声をかけると、だん子はドヤ顔で言った。

「人間の煩悩の数です」

知ってるよ。どうして私が知らないと思うのだろう。だん子は相変わらず面白い。

転身

「お笑い芸人に落語家は含まれるのか」

落語家の酒の肴はそんな話題が多い。

「ざっくりものを考える人は含めるだろうね」

「冗談じゃねえ。味噌もクソも一緒にするな」

「あのね、お笑い芸人は何万人いるか分からない。落語家は東西合わせてたった千人」

この辺から冗談じゃねえの分が悪くなり、結局は残念だが含まれてしまうだろうというところに落ち着く。しかし冗談じゃねえはしつこい。

「お笑い芸人でなく、せめて寄席芸人と言ってもらいたいね。そうすりゃ落語家だけでなく、漫才や奇術、あるいは紙切り等の芸人も含まれるから」

よ、いいこと言うねと合いの手が入り、冗談じゃねえは機嫌を直す。

「楽屋と控え室の違いはどうだろう」

とは別な落語家の問題提起だ。

調子を上げた冗談じゃねえが言う。

「そんなことも分からねえのか。我々寄席芸人がいるのが楽屋で、その他が控え室だよ」

「その他ときたよ。背負《しょ》ってるね。中には芸人ではなくアーチストと呼んでくれなんて言う人もいるけど」

「控え室、控え室」

冗談じゃねえはにべもない。

「テレビ局やラジオ局へ行くと『あなたがた色物さんは』と言われるね」

おお、それそれと一同頷くが、せっかく機嫌を直した冗談じゃねえが強く言い募る。

「勉強してねんだよ。寄席では落語家の芸名看板を墨で黒々と書いた。落語家以外の芸名看板を赤で書いた。それが色物のそもそもの始まりで、放送局にいながらその歴史を知らねんだ。もっとも大阪へ行くと、漫才が黒で落語家が赤だがな。初めて見た時はショックだったぜ」

ということは色物でも満更間違いではないと。

「悔しいがな」

冗談じゃねえは、本当に悔しそうだ。

二〇一五年十月、お笑い芸人から落語家に転身したいという男が現れた。それはメールから始まった。

「現在はアルバイトの日程が厳しく、いつとは確約できませんが、どこかの楽屋へ必ず参上いたしますので、ぜひ面接をお願いいたします」

アルバイト云々に本気度を疑ったが、一方でどういう手を使ったか、私のメルアドを調べてメールを打ってきている。くるかもしれないし、こないかもしれない。そんなスタンスで数日が過ぎた。

新宿二丁目の『道楽亭』の独演会で二席やり、そのまま会場での打ち上げに入った。乾杯が済み、雑談となった時、私は言った。

「こないだ、メールで弟子入りの打診がありましたよ」

「時代ですねえ。でもそれって悪意はないと思いますよ。確実に伝わる方法を取ったのでしょう。電話には出られなくてもメールならいつでも読めますから」

「そうですかねえ」

お客とそんなやりとりをしている時、ドアが開いた。

「談四楼師匠はいらっしゃるでしょうか。先日メールをした内藤です」

驚いた。噂の当人がいきなり現れたのだ。私の声はうわずったと思う。

「いま話したメールの弟子入りがこの人です」

私は客に彼を紹介したが、なぜか客から拍手が巻き起こった。内藤はスーツ姿だった。

「アルバイトが早く上がれたということ？」

「はい、久々に早く上がれました」

「そうか、それで一旦アパートかなんかに帰り、着替えてきたのか」

「スーツはこの日に備えてバイト先のロッカーに吊るしてあります。そのまま着替えて直行しました」

不思議だ、また拍手だ。心がけがいいということだろうか。客はさあここへと言い、席を詰め、譲っている。そしてまた客が言った。

「いやあいい時にきました。まさか弟子入りの瞬間に立ち会えるなんて」

そうか、客にすればそういうことになるのか。面接のために、始まったばかりの打ち上げの席から内藤と二人抜け出すのは不自然だ。客は内藤が差し出した履歴書とそれを読む私を見ている。なんか言わねばならない。

「振り出しが漫才で、解散後ピン芸人になり、ほう『爆笑オンエアバトル』や『爆笑レッドカーペット』にも出たのか。売れたのかい」

「ほんの少しだけです。すぐに限界がきて、アルバイトに明け暮れながら、ピン芸人からの脱出を図っているところです」

「落語家を目指した動機は？」

おや、客が質問をした。彼らが勝手に面接に参加し始めている。どういうことだ？　これではまるで公開面接ではないか。ごく自然に出た質問に内藤も自然に答えている。

「笑いの原点が落語にあると気づいたからです」

ワオ、これで三回目の拍手だ。客が頷き、そうこなくちゃなどと言っている。私も聞くべきことは聞かねばならない。

「住まいがかなり遠いね。通い切れるか」

この時の内藤の返答が客をハッキリ味方につけたと思う。

「義父母がアパートを経営してまして、そこに入っているから遠いのです。必ず通い切ります。往復三時間はすべて稽古と勉強に充てます」

結婚していることと妻の実家に世話になっていることを簡潔に告げ、往復の三時間を稽古と勉強に充てると言ったからで、客はこういう話が大好きなのだ。それが証拠に、子どもさんはいるの？などと聞いている。女の子でまだ小さいと分かると、可愛い盛りだねなど言っているではないか。誠実に見えながら、徐々に客をたらし込む内藤の技術に私は舌を巻いた。いや単なる技術ではなく、天性のものにも思えた。気がつくと、客が私を見ていた。この人を弟子に取るんでしょうねという目で。だからあんた方、面接官かよ。

「まずアルバイトに区切りをつけなさい。申し送り等が済んだ時点で弟子入りＯＫだ」

歓声とともに、何回目かの、それも一番大きな拍手が巻き起こった。一気に宴会モードとなったが、内藤はまたしても場をさらった。

「お寛ぎのところをお邪魔しました。望外の喜びを妻に報告します。ではお先に失礼いたします」

現れた時の間もよかったが、引き際は更に見事だった。まさかあいつ、最初、表から様子を伺っていたのではあるまいな。話題が出たら瞬時に飛び込もうと。

妻帯者で三十八歳の内藤に、只四楼という名を付けた。由来は落語の『元犬《もといぬ》』で、シロ犬が人間になったところで出てくる。

「名前はあるのかい」

「シロです」

「シロ兵衛とかシロ吉とか、付かないのかい」

「ただシロです」

「タダシロウ？　いい名だねえ」

そこから取った。ツイッターにピン芸人のメンソールライトが落語家になり、只四楼と名付けたと投稿したら、思わぬ大きな反応があった。えっ、メンソールライトが落語家に？　只四楼だって？等々だ。見た番組名を挙げる人も相当数いて、お笑いファンの間ではそこそこ知られた存在を、私だけが知らなかったのだ。知名度からして、掴みかけた栄光と未練はあっただろう。しかし只四楼はそんなことをおくびにも出さず、淡々と前座修行に励んだ。

只四楼は気が利いた。それでいてやり過ぎない。これを頼むと言うと的確に動き、ついでにと思っていることもこなす。それをやるならこれもということだが、大事なことだ。私は気を利かせたつもりでやり、それは頼んでないと談志に言われたことがある。やり過ぎてもいけないのだ。一歩踏み込むのではなく半歩ということだが、この呼吸を飲み込むのが難しい。

距離感もいい。おい近いよでもなければ、そんなに離れたら用を頼みにくいということもない。付かず離れずとは楽屋でよく言われることだが、只四楼にはそれが備わっている。漫才やピン芸人時代に培われたものだろうか。それとも長くアルバイトをした中華料理店の接客だろうか。いやこれはやはり天性のものだろう。

落語には困った。教えた通りに演《や》れるし拙《まず》くないのだが、無闇とギャグを挟みたがるのだ。いいか、うちは柳派だ。知ってるだろ、昔から三遊派と柳派の大きな流れがあることを。つまり柳家の系譜で、小さん、談志、オレと繋がってあなたがいる。本寸法、いわゆる本格派というやつだ。もっともオレは本書く派だがな。いけねえ、ダジャレは小言を薄くする。だから、普通に枕を振ってまずは低く出るんだ。前半は仕込みで、ここをダレ場という。演者の我慢のしどころだ。我慢できるはずだ、後半にかけ面白くなるのは分かっているんだから。落語はそうできてるんだ。で、その後半で一気にたたみ込み、ポーンとオチを言ってサッと引っ込むんだ。それが落語の型だ。ギャグを言いたかったら客が乗ってる後半に入れろ。さ、やり直し。

初高座にギャグを入れた只四楼は、それでも尚ギャグを入れたがった。高座が増えるに連れ、ギャグも増えた。そして只四楼のギャグの間《ま》は、落語ではなくお笑いの間だった。落語を否定しているわけではないのは分かったが、私には不思議なことだった。そのうち、只四楼を貸してくれと言う人が現れた。なぜと問うと、その人は只四楼さんは面白いからと答えた。あちこちの落語会から声がかかった。小さな会の前座ではあるものの、もちろん引っ張り凧ではないものの、頻度は増していった。二ツ目昇進が見えた頃、なぜギャグを入れたがるのかをあらためて聞いた。只四楼は「絶えず笑いがないと不安なんです」と言った。

あのな、会場が静まり返り、客が聴き入っている状態もウケてると言うんだ。笑いのあることだけがウケてるわけじゃないんだ。これは真実だから信じろ。客を静める。客を締めるとも言うが、これができない落語家は多く、客がざわついてしまう落語家は腕が鈍いんだ。なぜそう笑いばかりを狙う。柳派の芸風を信じ、落語の王道を目指せ。只四楼はその時も分かりましたと言ったが、やはりギャグ沢山の落語を演じ続けた。

はっきり二ツ目が見えた時、私の方が折れた。ギャグ沢山の落語を演じる只四楼は、見るからに機嫌がよかったのだ。分かった、好きにやってよし。その代わり、そのやり方を追及し、極めろ。昔な橘家圓蔵師匠が、知ってるか圓蔵師匠を。そうだ、圓鏡で売れに売れた平井の圓蔵師匠だ。エバラ焼肉のタレ、メガネクリンビュー、セツコ、ヨイショっとの人だ。分かるかな、分かんねえだろうなって、オレが古いギャグを言ってどうするよ。あの人がな、確か本牧亭だった。ここまで壊せるかという爆笑の『ねずみ穴』を演ってビックリしたことがあるんだ。全編ドカンドカンで、袖で聞いてた談志もやりゃがったってなもんだ。あんなに笑ったのに、聞いた後でジワッときてな、つまり『ねずみ穴』のテイストは失われてなかったんだ。圓蔵師匠もまだ若く元気で、売れっ子ならではのギャグ連発は力技だったろうけど、あんたそこを目指しな。落語を壊してるようで壊してないってやつだ。難しいぞ、できるか？

「はい、やります」


そんな中、只四楼は二ツ目になった。そして披露目の会にキャパ三百のムーブ町屋を抑えた。ゲストに片岡鶴太郎とある。これにはちょいと驚いたが、只四楼はピン芸人時代に所属した事務所の先輩ですと答え、そういうことかと納得したものの、ありがたいことには変わりはなかった。

只四楼はムーブ町屋を満席にした。のみならず、開演前、仲入り、終演後に客席を駆けずり回り、手拭いを売りまくった。二ツ目になった何よりの証、その一つが名入りの手拭いで、只四楼はそれを相当数さばいた。しかも相場より高めの設定で。笑いつつ感心したのは片岡鶴太郎氏との会話で、私がきてくれた礼を言い、只四楼との付き合いに触れると意外な言葉が返ってきたのだ。

「メンソールライトという名前は聞いたことがあるけど、会ったことはないよ。いきなり訪ねてきて、今度こういうことになりました。つきましてはゲストにってなもんで、まあ師匠のあなたを知ってることだし、じゃあ出てみるかと――」

驚いた。只四楼は会ったこともない大物を突然訪ね、出演をもぎ取ってきたのだ。同じ事務所のよしみでとか調子のいいことを言って。あなたを知ってることだしと言われると、私も鶴太郎氏をおろそかにはできない。若手の会でろくなギャラが出ないのは分かってるだろうし、ここはヨイショという名の接待しかないと決めた。

「師匠の片岡鶴八先生は物真似ではなく声色《こわいろ》と言ってましたね。前座の頃、お世話させてもらいました」

「ああ、師匠は存命中の鶴八をご存知で」

「もちろんです」

いいぞ食いついてきた。

「でもあなたは楽屋には付いてきませんでしたね」

「そう、連れてってくれないの。その時間は方々で勉強しなさいって、あちこち行かされてたね」

「でもそのおかげで寄席芸人の色がつかなかったし、売れもしました」

「その善し悪しはどうなんだろう、分からないね。現に今日はいまハマってる落語を演ろうとしてるわけだし——」

よし、次はボクシングだ。

「『異人たちとの夏』はけっこうな映画でした。大林宣彦監督はあなたの演技力を買ってたそうだけど、原作の山田太一氏がキャスティングに難色を示したとか」

「あれ、そんなことまで。そうなんだ、寿司屋の役で、あんな太ったやつの寿司は食いたくないって言われて慌ててね、それにはボクシングの減量がいいだろうと、二十キロぐらい落としたかな。ボクシングさまさまで出ることができたんだ」

「おまけがつきました。あなた自身がボクサーライセンスを取ったし、トレーナーのライセンスまで。セコンドについてるあなたをテレビで見るのが楽しみで」

と盛り上がっているそこで、鶴太郎氏の出番となった。ヨイショの効あり、鶴太郎氏は持ち時間を十分もこぼす熱演で、間に挟む小森のおばちゃまやマッチで〜すに客席は沸きに沸いたのだった。

その鶴太郎氏が打ち上げに出てくれるとは思わなかった。氏の打ち上げ嫌いは業界に鳴り響いていて、だからこそこちらは楽屋で奉仕したのだ。マネージャーが驚いていたから、本当に出たかったのだろう。そして鶴太郎氏は私の耳元にこう囁いた。ボクシングの話の続きがしたくてねと。おーい、向こうの方がヨイショが上手いぞ気をつけろ。日本の歴代チャンプの品定めに始まり、特に鶴太郎氏が肩入れしたスパンキーこと鬼塚勝也については少々時間をかけて話した。必然、話は世界に広がる。そう、あの八十年代の黄金期、マービン・ハグラーかトーマス・ヒットマン・ハーンズかシュガー・レイ・レナードかという話題だ。そこに石の拳ロベルト・デュランを入れるかと盛り上がった。さすがライセンスを持つ人は違う。博識のみならず、論理的に語った。コンスタントに強いハグラー、天才レナード、ハマると無敵なハーンズという、私の大雑把な見立てにやや賛同を得たのが成果と言えるか。

おい只四楼、あんたのバイタリティは認めるぜ。何しろ会ったこともない人をゲストに引っ張ってきたんだからな。でもよ、こっちはボクシングや映画の他に、絵やヨガの話までしてすっかり酔いが回っちまったぜ。どうしてくれるんだよ。この会な、動員力、内容、ともに合格だ。

六人の弟子のうち、四人がコロナウイルスに感染した。前座二人、二ツ目二人だ。相手変われど主変わらずだから、ずうっと楽屋で過ごし、何人もの二ツ目や真打の落語家が目の前を通り過ぎる前座の罹患率は高い。二ツ目も食うためにあちこちを駆けずり回る。これもリスクが高い。私はステイホームの言いつけを守っているので、まだ感染していない。実際は落語の仕事をすべて奪われ、家にいるしかないだけなのだが。幸い四人とも軽症で済んだが、六打数四安打、六割六分七厘の罹患率は高いのか低いのか、あるいは標準なのか。

只四楼もその一人だったが、妻と娘に感染させたくない一心でアパートを離れ、近隣の安ホテルに籠った。愛妻家であり、娘が可愛くてたまらない。その妻子に感染させてなるものか。そう思える。ここで妻子に感染させたら、婿ではないものの、ますます立場が悪くなる。そうでなくても義父母には世話になっている。であれば妻子の住むアパートから離れるに限る。そうとも思える。売れたら東京に住むのが夢だが、まだそのとば口だ。だからコロナ罹患中は、安ホテルで東京への夢を馳せたい。そしてこれからのビジョンをじっくり考えたい。師匠としてはそんな風に思うのだが、こればかりは当人に聞いてみないと分からない。

回復後の只四楼はギャグに磨きをかけた。驚いたのは、普通に演れば三十分から四十分かかる『中村仲蔵』を二十分に収めたことだ。筋をそのままにギャグが冴えていた。二十分ならどの出番でも他の演者に迷惑がかからない。圓蔵の『ねずみ穴』が頭の片隅にあったのかもしれない。『柳田格之進』はさすがに二十分をわずかにこぼしたが、随所にギャグが光った。『一文笛』は上方の人間国宝であった桂米朝師の創作落語で私の持ちネタの一つだが、私は大阪弁で挫折し、舞台も時代も江戸に移し替えた。只四楼がそれを覚えたと言うので聞いたが十六分に収めていた。私より十分は短い。どこをどう詰めたかはもちろん分かるが、筋はなぞっているものの、噺のテーマでもある貧困がやや薄く感じた。しかしよく収めた。この『一文笛』を加えた大ネタの二十分シリーズは売りになるかもしれない。『文七元結《ぶんしちもっとい》』は無理にしても『芝浜』や『死神』は収まるだろう。私はやってみろとけしかけた。持ち時間を一時間やると言ったら、只四楼は確実に大ネタを三席やるであろうからだ。真打を控えた寸志はどうか。例えば四十分の『三軒長屋』を膨らませ、一時間の長講とするだろう。三十分を二席という弟子はいないか。あ、案外それは私かもしれない。

只四楼は前座時代から私の客に食い込んだ。調子のいいヨイショをみな可愛いと言う。店をやってる客がいるとマメに顔を出す。

「ちょうどお角を通りましたのでなんて、まるで落語だよ。うちの立地はわざわざくるところなのにさ。で、勉強会のチケットを置いてくんだよ。買うよと言うと、頭数が大事なんです、招待しますので是非皆さんでいらしてくださいとこうだ。只ってわけにもいかないし、気がつきゃ乗せられててね、商売が上手いよ」

女性客はもっとくすぐるらしい。

「客席が男ばかりでは殺伐として色っぽくありません。客席には艶《あで》やかな花が必要です。

ぜひ何人かでいらしてください。そう言われりゃ行くわよね。で、いつの間にかみんなCDやDVDを買わされてんの」

と嬉しそうなのだ。只四楼は酒に強くない。いや下戸に近い。飲めないのに親しく付き合うところがまた可愛いいんだそうだ。ホストか。

只四楼の徒弟制への憧れは薄い。お笑い芸人からの転身だから多少あるかと思ったが、恬淡としている。談志の物真似が上手いくらいだから、多少あるのではと思ったのは私の思い入れ過剰で、でもそれが見えなくてもガッカリはしなかった。笑いの原点は落語にある。私にはそれで十分なのだ。兄弟弟子ともベタベタしないし、それでいて稽古には熱心に通ってくる。感じるのは、只四楼が売れたがっていることだ。焦るなとは言わない。それが落語家として健康であると只四楼が思わせるからだ。それでいい。野心を隠すな。東京はいいなあが口癖だから、売れたら進出するだろう。朧《おぼろ》げではあっても、その進出絵図はもう描けているのかもしれない。

前座、二ツ目という若手と言われた時代、私に売れたいとの野心はあったろうか。思い返すと確かにあった。あったがそれを露わにすると、当時は下品と言われた。だから密かに売れることを願っていたということになる。それに、当時の談志は弟子に売れろとは言わず、上手くなれと言い続けた。売れろと言い出すのは後年のことで、上手くなれから売れろとの変化に戸惑ったのを覚えている。なかなか上手くなれないところへ売れろと言われ、それもまた難しく、日々悶々としたっけ。

そうだ、前座時代、孔志（現・ぜん馬《ば》）という弟弟子ができた。あの頃は孔志に嫉妬していた。今にして思えば、隠すべき売れたい野心が嫉妬に入れ替わったのだろう。孔志は明大卒で四つ年上だが弟弟子、すでにこの関係性が微妙だった。私からの大した引き継ぎもなく孔志は談志の付き人になったが、働きぶりは有能を絵に描いたようで、談志は何かにつけて孔志、孔志と頼りにした。それはそれでめでたいことと言えるが、問題は目黒名人会にあった。

閉めて久しい目黒名人会を談志が再開したのが始まりだった。権之助坂の途中にある寄席で、客がこないことで有名だった。だから閉めたのだが、談志は挽回すべく、真打が長講二席申し上げますとぶち上げた。売れっ子や実力者がこれに乗り、談志もできうる限りこれを務めた。そして談志から更なる新機軸が提案された。中喜利《ちゅうぎり》を間に挟むんだと。大喜利はトリの後の余興が始まりだが、若手が途中でやるから中喜利だとの説明だった。

若手とは？　弟子の怪訝な表情を見て談志が言った。おまえたちがやるんだよと。確かあのとき歓声が上がったんだ。えっ、前座のオレたちが？　いいんですかと。大勢ではあるものの、前座にコーナーが与えられる。弟子は画期的なことだと喜んだ。そしてそのメンバーに孔志が入り、私とすぐ上の兄弟子の談太（小談志を経て寿楽で他界）が外されたのだ。ショックを受けると、漫画ではガビーンという擬音が使われる。初めてガビーンに接した時、あのショックはまさしくガビーンだったと、漫画のそのコマを見つめたのを覚えている。

私と談太は深刻に悩んだ。酒を飲んでは不平を言い合った。なぜオレたちが弟弟子の高座を作らなきゃならないんだと。実際は孔志が大人で、自ら座布団を持って出たのだが、そこがまた憎らしく、謙虚を装った傲慢だと口を極めて罵った。そう、兄弟子の談奈（左談次を経て他界）を巻き込んで。普通の飲み会だと思っていた談奈は驚いたろう。途中から私と談太の中喜利への愚痴が始まり、ついに二人は泣き出してしまったのだから。悔しさと切なさでいっぱいのところへアルコールを大量に摂取するとどうなるかを思い知ったわけだが、ホントに談奈は困っていた。思い返すと明らかなのだが、そんなことも分からずに二人は泣いたのだ。以降、談奈は懲りたのだろう。そのことに決して触れなかった。私と談太は、談奈兄さんに悪いことをしたねとときどき話題にしたが。

中喜利は、面白くならねえなの談志の鶴の一声でメンバーが入れ替わった。私も談太もメンバー入りし、孔志が抜け、また入りしているうちに解散となった。いや、そもそも目黒名人会が立ち行かなくなり、また閉場に追い込まれたのだ。談志はやるだけのことはやったと割とさっぱりしていたが、私と談太には苦い思いが残った。

入門時には幼かった只四楼の娘は今や十一歳、小学五年生になったという。早いものだ。もう口をきいてくれませんと愚痴るが、それも可愛さ余ってのことだろう。それが証拠に口元が綻んでいる。まだ順番は回ってこないが、真打を意識しているに違いない。只四楼のことだ、二ツ目昇進時以上に張り切るだろう。私の客をも巻き込んで大勢がやってくるんだ。きっと大物ゲストも仕込むだろう。おい、ちょっと待て、ヨイショが大変だから片岡鶴太郎氏以上は勘弁してくれよ。さあこの先、只四楼は落語を壊さずにギャグを押し通せるのか。いや落語を粉砕した形のギャグを見せてくれるのか。只四楼は果たして、ギャグ落語の先駆者になれるのか。

オキナワンボーイ

都下で落語会があり、トリを取った。出番を終え帰り支度をしていると、受付からの内線電話が面会ですと言う。前回、界隈に住む友人が訪ねてきた。あいつかな。久々に一杯やるかと思いロビーに出ると、見知らぬ青年が立っていて、弟子入りに参りましたと言った。声がやや小さく、訛りがある。嫌な習性だ。一瞬のやりとりで様々を思う癖がついている。履歴書は持ってないようだ。では質問だ。いくつ？　出身はどこ？

「二十八歳で沖縄出身です」

うんそうだ、これは沖縄のイントネーションだ。二十八歳は私への入門としては若いが、沖縄出身に興味を引かれた。

「沖縄はどこ？」

「宜野湾市です」

「普天間基地のあるあの宜野湾か、辺野古移転の」

「そうです」

私はこの時点で受け入れる方向に傾いた。方言は直せばいいし、何より沖縄出身は面白い。色々いていいのだ。ちょいと線が細いが、鍛えりゃ太くなるだろう。一応学歴も聞いとくか。

「沖縄大卒です」

「あまり聞かねえな。琉球大学なら知ってるが」

「それよりグッと下がります」

グッと下がりますってのはいいね。

「で、そこを卒業したと。中退もありだけどな。そのまま地元に就職か？」

「いえ、上京しました」

「東京に就職したのか」

「お笑い芸人を目指しました」

「お笑い芸人？　ははあ、只四楼と同じだな。いやそういう弟子がいるんだ。ではそのお笑い芸人が上手くいかなかったってことだ」

「はい、挫折しました。何より食えません」

「そりゃ食えるのはほんのひと握りだろうよ。でも落語家なら食えると思ったか」

「いえ、落語には笑いの要素がすべてあると思ったからです」

只四楼は笑いの原点と言ったが、ふむ、お笑い芸人は落語をそんな風に捉えるのか。まあそこに気がついただけでもマシか。

「ところで普天間ってのはうるせえか。米軍機やオスプレイの爆音のことだが」

「皆さんそう仰いますが、子どもの頃からの慣れた音です」

「ふぅん、住んでるとそういうもんか。親の了承は？」

あ、苦笑いしたな。さては。

「勝手にしろと」

やっぱりだ。まあお笑い目指して上京しちゃったぐらいだからとっくに諦めてはいたんだろう。うん、親を諦めさせるってのは大事なことだ。親はうっかりすると息子に期待するからな。迷惑なことだ。

「では落語家になるには障害はないと。いまは何を？」

「アルバイトで資金を貯めています」

「いい心がけだ。しばらくは無収入だからな。で、そこそこ貯まったので弟子入りにきたというわけか」

「そうです」

「正直でよろしい。オレのネタではどんなのが好きだ？」

「きょう伺った『浜野《はまの》矩随《のりゆき》』とか。あ、『ぼんぼん唄』も好きです」

「うん、いいとこを押さえてる。合格だ」

「あの、親の挨拶が必要だと聞きましたが」

ほう、業界の決めを調べたのか。

「原則そうだが、それはよせ。沖縄からだとカネがかかる。親の挨拶は二ツ目になった時でいい。そうだ、二ツ目の披露目をいっそ沖縄でやればいい。宜野湾で。そうすりゃ親の旅費は浮くぞ」

なぜ会ってすぐにそんな提言をしたのか、不思議なことだった。

沖縄の縄から縄四楼と名付けた青年は、クルクルとよく動いた。小柄なせいか機敏で、無駄のない動きをした。時々いるのだ、動きが自然に備わっている若者が。訛りは気がついたその都度に矯正した。縄四楼が古典落語をやりたいと言ったからで、江戸弁をマスターするのが理想だが、そして下町と山手や職人と商人の違いを明確に指導すべきだが、せめて標準語、共通語の習得を目指したのだ。そう、かつて楽屋には鼻濁音にうるさい古老もいたっけ。しかし縄四楼は頻繁に訛り、無理かもしれないと私はあっさり諦めた。方言を共通語には可能だが、イントネーションやアクセントは直しにくく、いっそ沖縄色を出した方がいいのではないかと方向転換をした。矯正せず、本人がそう思えば直すもよし、沖縄訛りが出りゃそれもよしだ。沖縄の匂いがする古典落語、今の世の中それもありだろう。時代が違うのだ。

私は徹底的に直された。談志もともに行動するマネージャーも東京の人だったから、逐一チェックが入った。ニュースを見ろ聴けと指示され、アナウンサーを追いかけて喋った。

日本語のきれいな役者のコピーをしろと言われ、アクセント辞典を持ち歩きもした。今は違う。もっと個性や特色を出していい。上手さよりキャラクターだ。そこそこ落語の上手いのはゴロゴロいる。しかし上手い連中は、下手でも訛っていてもキャラの立ったヤツの後塵《こうじん》を拝しているのだ。縄四楼が沖縄色を出していけない理由はどこにもない。出すというより滲ませるべきか。いや滲ませるのは難しい。ならいっそ出しちまえばいい。

業界の符牒《ふちょう》で大食漢を大《おお》ノセと言う。食事はノセるで、軽くノセようぜなどと使う。縄四楼は小柄なのに大ノセで、なるほどこれが痩せの大食いかと感心した。きれいに食うのがいい。食い散らかしては艶消しで、縄四楼の場合、目の前の食い物が消える感じなのだ。

その日は昼ぐらいに会場入りすればよかった。乗り継ぎ駅での出来事だった。斜め後ろを歩いていた縄四楼の姿が消え、それは十秒にも満たなかった。すぐに姿が戻ったのはいいが、後ろでわずかに咀嚼の気配がした。振り向くと飲み込んだところで、早業に目を瞠った。縄四楼は売店で何かを買い、一瞬で平らげたのだ。朝は食わなかったのか。でもな、先方に着きゃ弁当が待ってるんだ。そう言ったが、縄四楼はそれが待てなかったのだ。私のみならず、周囲に大ノセは知れ渡り、縄四楼は不自由しなくなった。打ち上げなどでは、縄四楼の前に食い物が集まるようになった。

品がいいのか、縄四楼は兄弟子にももちろん私にも、私の客にも懐こうとしなかった。ベタベタしないと言えば聞こえはいいが、周囲は案外懐かれることを欲しているものなのだ。大ノセだと知れ渡り、食い物が集まるようになったごとくに。貪欲とも言える社交の力を持つ只四楼の後だけに、不満ではないが、少し寂しく感じた。しかし淡々としつつ的確に前座仕事はこなすのだから、時期尚早と判断し、指摘はしなかった。必要とあらば、懐に飛び込むようになるだろうと。

だから負荷をかけたつもりはなかった。動きも敏捷だし、食い物にも恵まれ、ネタも順調に増やした。それでも縄四楼に前座修行は過酷だったか、一年ほど経った頃、泣きが入った。廃《や》めさせてくださいと。去る者は追わずだ。談志がそうだった。側からは惜しい人材に見えても、談志は決して引き止めなかった。私もそれを踏襲し、バカだなあ、十分に仕事ができてるじゃないか。ということは、すぐそこに二ツ目が見えているのにというそんな前座がいたが、弟子から外れていくのを黙って見送った。しかし縄四楼にそれを言われた時、私は怒った。激怒して怒鳴った。おまえに費やした時間とカネを返せと。何という下卑た言葉か。しかも私は大声を発したのだ。裏切られたと思ったか。それもある。それもあるが、その瞬間、言い知れぬ怒りが全身を貫いたのだ。なぜ激情に駆られたかの説明は今も困難だが、縄四楼も剣幕に驚いたのだろう、身を竦ませ、考えさせてくださいと言い、帰って行った。現れなくてもやむなし。暴力は論外だが、怒鳴ってはいけない。それは明らかなパワハラだ。鍛えようとし過ぎたか。でも沖縄訛りの矯正はすぐ諦めたから、短期間だったはずだ。ホームシック？　まさか。いや縄四楼は確か十年は沖縄に帰ってないと言ってた。だが縄四楼は若く見えるものの、三十近い大人だぜ――。三日後、縄四楼はヒョイと現れ、言った。

「心得違いをしてました。私は修行に耐えますと言って弟子になりました。それなのに――」

そう言うと、深々と頭を下げた。戻ってくれれば言うことはない。縄四楼はまたクルクルと動き始めた。落語の稽古も以前に復した。稽古をつけ、覚えた縄四楼が私の前で演じ、私が注意点を指摘する形だ。もう廃める廃めないはどこにもなかった。


師弟の間が安定したかに見えたこの頃、コロナに襲われ、日常が変わってしまった。そして縄四楼が弟子として最初の餌食になった。まだ得体の知れないウイルスで、縄四楼は三十九度の高熱を発した。熱は四日目には下がったが、今度はしつこい咳が続いた。体がフラフラし、外出ができない。いや、してはいけないのだ。当人からのメールで以上のことが判明し、私は入門早々の半四楼を、縄四楼が住む狛江市のアパートに差し向けた。ビニール袋に入った飲料と食品をドアノブに引っかけさせるためにだ。と、縄四楼からメールがきた。

「差し入れ、ちょうだいしました。ありがとうございます」

お、届いたか。アパートに水や食料を届けるよう命じたのは半四楼にだけだが、その後に兄弟子たちが動いた。動いたと言ってもメールや電話だが、それはひとりぼっちの境遇への援軍だったらしく、それらが縄四楼の回復の一助になったのは確かだろう。縄四楼も心丈夫だったに違いない。私はもしかすると弟子の間に連絡網があるのかもしれないと思い、密かに、やるな弟子たちと、ちょいとした感慨に耽った。縄四楼は二週間ばかりして復活したが、それはコロナ禍の序章でしかなかった。その辺りから全落語家が、坂道を転げ落ちるように仕事、即ちカネを失ってゆくのだ。

復帰後の縄四楼に笑顔が増えたのはいいことだが、猛威を振るうCOVID-19には防戦一方だった。寄席は軒並み休席を強いられた。落語協会も落語芸術協会も五代目円楽一門会も立川流も上方落語協会も、すべてだ。それらに関し加藤厚労相が会見を開き、寄席をヨセキと発音した。東西千名に及ぶ全落語家は、世間の落語家へのスタンスを思い知った。

落語通と言われる大臣にしてこの程度の認識なのだと。しかし落語家はしぶとい。地方公演は全滅したが、都内の小さな落語会は緊急事態宣言の間隙を縫い、入場制限の中、ひっそりと開催された。どんなに小さな会であろうと前座は必要である。縄四楼にも需要があり、あちこちに駆り出された。あぶれた二ツ目や真打は、安定した収入があるのは前座だけだと言いつつ、引き攣った笑顔を浮かべた。

　任意であるはずのワクチンを、政府が盛んに打てと勧めてくる。煽られ、周辺にも罹患者が出て、打つことになる。昼間に打って、夜に久々の高座があった。普段は五十人ぐらい入るお江戸上野広小路亭に、七、八人が間隔を開けて座っていた。みな密を避けているのだ。

「先ほどワクチンを打ってきました」

　そう言った時が凄かった。漏れなく全員が拍手をしたのだ。これは一体なんなのかと、しばし絶句した。私は打たないが、演者にだけは打ってもらいたいということか。いや、私も打ったしあなたも打った。よかったねという共感の拍手なのか。リスクを下げたいとは痛いほど伝わったが。

　感染者が減ったと聞くと、収束かと喜ぶ。しかし必ずまた増えた。その繰り返しの果てに収束があるのだとは思うものの、展望はようとして見えない。仕事が延期になる。延期になったものが中止になる。必ずそうなるのは不思議なことだが、やがて麻痺し、仕事が実現するとなっても、喜びが湧かない。どうせ土壇場でひっくり返って中止になるのさと、斜に構える。思考停止になる。

地方の落語会の席亭や幹事とはメールや電話で繋がっていた。無沙汰の挨拶の後の、そろそろいかがかとの打診に彼らは、我らに同情を寄せつつも東京からきてくれるなというニュアンスを滲ませた。分かるよ、落語会を強行し、クラスターでも発生させたらえらいことだからね。でもさ、かつては遠いところをようこそと言い、あんなに喜んでくれたじゃないか。あれはいつのことだったたか、つい先日なのに遠い昔の思い出のようだ。気落ちしつつ諦める。しょうがない、だってコロナ禍なのだ。と、そこへ彼らから米が届く。野菜や果物が届く。干物や地酒や甘いものまでが届く。途端に恨んだことを悔いる。覚えていてくれたんだと喜びが体を突き抜ける。ありがたいなあ。メールや電話では愚痴らなかったのに、察してくれたんだ。現金だねというのは名フレーズだと確認する。

国が何もしないのは政権からして分かっていた。案の定、一律給付金は焦らされた挙句の一度だけで、間抜けな時期にマスクが届いたのには笑った。届いた時、すでに街にはマスクが出回っていたのだ。そのマスクにすぐアベノマスクと名がついたが、発案者に忖度してか、閣僚はそのマスクを付けて国会に臨んだ。やがて外すようになり、しているのは発案者だけとなった。諦めたか、発案者も外し、首相を降り、後に彼は凶弾に倒れる。次のトップの菅さんは、就任した途端に自助、共助、公助と言い、更に悪くなると観念した。公助が一番後だったからだ。五輪は強行するが、あなた方の暮らしは自助でと言ったのだ。そこへまた緊急事態宣言だ。ＳＮＳに芸人仲間の髭面が次々とアップされる。笑ったなあ。仕事がなけりゃ誰も髭など剃りゃしないのだ。

そんな世話場でも昇進の話は出る。縄四楼が私の二ツ目の基準を満たした。常連の上手くなったねの声も後押しをした。修行中の丸三年がコロナ禍だったが、五年やりゃ十分だ。ついては芸名を変えると縄四楼が言う。けっこう、節目には変えるもんだとの説もあるくらいだ。どんな名がいい？　沖縄らしくて語呂がいいやつ？　ではこんなのはどうだ？いま一つか。こっちじゃどうだ？　気乗りしないか。おまえの案はどうだ。あ、それはダメだ。あのな、芸名はそうとしか読めないってのが一番いいんだ――。師弟であれこれ考えるのは実に楽しい。そのとき私は、沖縄の話をした。

「談志が、あんたにとっての大師匠が政治家だったことは知ってるか。オレが前座の頃だから古い話で、一期六年の参議院議員だったんだ。タレント議員の走りで、無所属で当選し自民党に鞍替えだ。で、めでたく沖縄開発庁政務次官になった。抜擢だな。勇躍沖縄に乗り込んださ。歓待され、初めて泡盛の旨さを知ったらしい。クースってやつだな。浴びるほど飲んで、よし沖縄に寄席を作ってやるってなもんだ。で翌日の記者会見に壮絶な二日酔いで臨んで政務次官をパーにしたんだ。新聞記者って意地悪だろ。わざと沖縄の基地面積は？なんて訊くんだ。知ってるけど二日酔いだ。カチンときてオレが知ってるわきゃねえだろとやったもんだから、騒ぎになるよな。あえなく政務次官をクビんなっちまって、談志は大して気にしてなかったけど、オレは沖縄の人があの一件をどう思ったか、ずうっと引っかかってるんだ。そこへあんたが入ってきた。いずれ宜野湾で落語会をやれ。そこへオレを呼べ。年寄りならあの一件を覚えてる人もいるだろうし、ちょっと話を聞きてえんだ」

そんな話をした。そんな記憶が根底にあり、沖縄出身？面白いとなったのかと、そのとき初めて思い当たった。

縄四楼改め琉四楼と決まった。私が提案し、縄四楼が飛びついたのだ。縄四楼は入門の折、出身の沖縄大学は琉球大学よりグッと下がりますと言った。ではグッと上げてやろうということだ。本人には、沖縄はかつて琉球と言ったし、琉球王朝なんて響きがいいや。その琉球の琉だとは言ったが。

琉四楼は、二ツ目披露の席をお江戸日本橋亭にした。もうすぐ改装に入ると聞くからいい判断だろう。沖縄出身だから、東京にそう多くの知り合いはいない。コロナに動きを封じられたから客を増やすにも限度があったろうし、お笑い芸人仲間との縁も薄くなっているだろう。さて観客動員をどうするかとなった時、思わぬ援軍が現れた。私の独演会の前座はいつも縄四楼が務めた。そう、時の前座が私の前を務めるのだ。つまり私の客は縄四楼の成長過程を見ていた。その客に声をかけたら、存外多くの人がお江戸日本橋亭にきてくれることになったのだ。新琉四楼の晴れ姿を見たいと言って。

廃める廃めない直後のコロナ禍は縄四楼にいい効果をもたらした。自身が感染した折の兄弟子からのメールや電話がよほど嬉しかったようで、縄四楼は彼らに胸襟を開くようになった。兄弟子にご馳走になりましたなどと私に報告することが増え、懐くこと、懐に飛び込むことを体得したようだった。兄弟子への笑顔を私の客へも振り向けるようになり、それが記念独演会の動員に繋がったのだ。しかし琉四楼になるはずの縄四楼は、中身はまだ縄四楼のままだった。

会の十日ほど前、当日のネタは何かと縄四楼に尋ねた。持ちネタは数十席にはなってるはずで、その中からなら何でもよかったが、念の為だ。『鮫講釈《さめこうしゃく》』と返ってきて驚いた。誰に稽古してもらった？　談志師匠のＣＤで、に更に驚いた。どこかでネタ下ろししたか？　何い、ぶっつけで演《や》るつもりだとう？　おい、舐めたこと言ってんじゃねえぞ。そんな楽なネタじゃねえんだ。記念の会を目前に波乱含みとなった。

ＣＤの談志に上げの稽古をしてもらうのは不可能だ。ではなぜ師匠の私に聴いてもらおうとしない？　もしや縄四楼は途中で『鮫講釈』の難しさに気づいたのではないか。ずるずると日は過ぎ、今更聴いてくださいと言えず、ぶっつけで演るしかないと追い込まれているのではないか。まだ手はある。問題は間に合うかだ。

七日前、私の駒込の会があった。縄四楼はいつもの前座噺を演るつもりらしい。

「披露目で演りますので『鮫講釈』を稽古させてくださいと客に断って『鮫講釈』を演れ。驚くな。ぶっつけでできるネタじゃねえと言っただろうが」

案の定、ぼろぼろだった。無惨な出来だった。肝心の講釈がまるでなってない。『やかん』の中の講釈はまずまずなのに、これは一体どうしたことだ。翌日は経堂での会だった。

「もう一度演れ」

駒込に輪をかけて悲惨な出来だった。

「ウケるネタなのに笑い一つ起こらねえ。客が静かだったのは聴き惚れたからじゃねえぞ、心配だったからだ。打ち上げについてこい。あらためて小言だ」

常連に断り、飲み屋での小言になった。

「あんたがこのネタを演りたい気持ちはよく分かる。面白いし、いいネタだからだ。小気味よく演りゃ客は気分がいいし、演者にも快感が走るんだ。だが『鮫講釈』はオレの持ちネタにはない。なぜだか分かるか。若い頃、密かに覚えたが、あまりの難しさに演っていいかと談志に言えなかったんだ。いつかは演ろうと思いつつ年を食っちまったわけだが、そういうネタなんだよ。ＣＤで覚えたんなら、なぜもっと早くオレに聞かせない。なぜ上げの稽古にこない」

当たりだ。縄四楼の顔に、聴いてくださいと言えなかったと書いてある。

『鮫講釈』は尾張の熱田から伊勢の桑名へ通う七里ちょいとの船旅だ。と、この船が鮫に囲まれ止まっちまう。船頭曰く、乗客から犠牲者、つまり一人を食わせないと鮫は散らない。犠牲者をどう決める？に船頭、持ち物を一つ海に放ってくれ。多くは流れるが、一つだけ沈む。その人が生贄だ。放らないと全員食われちまう。さあどうする？　命惜しさの賭けだ。次々に放る。多くは流れたが、果たして一つだけ懐紙が海に沈んだ。持ち主は旅回りの講釈師で、私が死んで皆さんが助かるなら本望だ。その代わり、この世の名残りに五目講釈を聴いてくだされ。こうして講釈が始まる。

「最初の講談が『二度目の清書《きよがき》』だ。ここをビシッと決めろ。ここで客の信頼を勝ち取るんだ。おまえの講談はここがグダグダだから後も受けねんだ。低く出ろ。敢えて客を締めるんだ。オレが演るからまあ聴け。さあ覚えてるかな」

縄四楼が頷き、聴く態勢に入る。

「但馬国豊岡《たじまのくにとよおか》、京極の家来で石束源吾兵衛《いしづかげんごべえ》は隠居して名をろ山《ざん》、大石の母、妻、並びに子ども二人を預かり置きましたが、江戸表より仇討ち子細告げんと足軽寺坂吉右衛門《てらさかきちえもん》来るを奥へ通した石束は、仇討ちの子細早う語りくれまするよう。ハハ。お供が叶い、この目に覚えましたる仇討ちな子細申し上げまするで、ぼっちゃま方もよおくお聞き遊ばせや」

ここいいよな、ぼっちゃま方もよおくお聞き遊ばせやにリアリティがあるよ。で討ち入りに入ってくるわけだ。

「さても、その夜は極月《ごくげつ》十四日、討ち立つ時刻丑満の、軒の棟木に降り積もる雪の灯りが味方松明、鎖、帷子《かたびら》一着成し、小手脛当ても覚えの手の内、錣《しころ》頭巾な頭《こうべ》にいただき皆一様の出立ちにて、地黒の半纏《はんてん》だんだら筋、白き木綿の袖印、銀の短冊襟《えり》に付け、表には浅匠の家来何々某《なんのなにがし》、君恩のため討死と認めたるを各々背中に結び付け、投げ鎌、投げ槍、縄梯子、半弓《はんきゅう》、薙刀、管槍《くだやり》、手槍、てんでに引っ提げ打ち入れば、若手は矢藤右衛門七《やとうえもしち》殿、村松、吉田が一番で、続いて岡島、不破、小野寺、中にも大高源吾殿、得てたる掛矢振りかざし、手もなく砕く大手門――」

あゝダメだ、ここまでがやっとだ。この後も含め、明日から五日間、毎日十回稽古しろ。毎日だぞ、毎日最低十回だぞ。でも今日は経堂での前座としての最後の高座だ、今までご苦労さん。さあ飲め、食え。

常連も小言の終わりに気づいたようで、飲め、食えに座がいくぶん和んだ。私が、公開小言終了ですと言うと、笑いまで起こった。常連も私の小言を頷きつつ聞いていた。つい今し方、酷い『鮫講釈』を聴かされたばかりだからで、中には連日聴かされた人もいるのだ。しかし縄四楼も小言を食らった直後のご苦労さん、飲め、食えには驚いたことだろう。縄四楼は目を白黒させながら飲んだ。そしてきれいに食った。

台風二号の動きが鈍かった。気象予報士は通り過ぎたはずと言ったが、台風は東京周辺にぐずぐずしていた。余波で風が強いものの、まずまずの天気で、昇進の会の幕は無事に開いた。おうおう、オキナワンボーイにこんなに黒紋付羽織袴が似合うとは思わなかったぜ。エラい、祝いにやった帯源の献上をちゃんと締めてるじゃないか。そういう師匠へのヨイショの姿勢はいいぞ。どうだ『鮫講釈』の精度は上がったか。おっと、ここまできたんだ、何も言うまい。今更プレッシャーをかけて何になろう。大丈夫だって、弟子を信じろ。少なくともあれから数十回は稽古したんだ。

縄四楼よ、おっと今日から琉四楼だったな。あのな、だん子もここで『三方ヶ原軍記』を演ったんだ。講釈ネタは大師匠の談志も喜ぶぜ。時間は気にするな、そこはオレたちが調節する。自分の会だ、落ち着いて演れ。おや、一門勢揃いか。おお、惣領のわんだまでいるじゃないか。せっかく名古屋からきたんだ。ちょいとでも高座に上がれ。口上の後で余興を演る？　いいとこあるじゃないか。うんと琉四楼を盛り上げてやってくれ。で名古屋に飛んで帰る？　ふむ、そうか。でお父さんの具合はその後どうなんだ。うん、うん――。

何だこの紅芋タルトってのは。沖縄銘菓です？　で高座から下りると冷えたオリオンビールが待ってますって、沖縄で立て切ってるのか。それから豆腐餻《よう》に泡盛って、おいこれ、まさかお父さんが。

「はい、いま表に」

「早く言え。会わせろ。おいおい、台風を縫ってきたのか。よく飛行機が飛んだなあ。無理をさせるなよ、挨拶は沖縄公演の時でいいと言ったじゃないか」

「でもどうしても見たいからと」

「そうか、親だなあ。息子の晴れ姿が見たかったか。せっかく大学を出したのに飛び出しちまった息子なのになあ。おお、こちらがお父さんか。あれ、隣は？　なにお母さんだと？　揃っておいでになったのか。お父さん、お母さん、遠路ご苦労さまです。息子さんはお笑い芸人には挫折しましたが、落語家としては前座修行が明け、本日二ツ目に昇進いたしました。業界では二ツ目は一人前扱いです。まだ上に真打がありますが、とりあえず楽屋仕事から解放され、自由になりました。琉四楼という沖縄らしい、いい芸名にもなりましたしね。おめでとうございます。それから差し入れ、ありがとうございます」

そう言ったら、両親は顔を歪ませ、目を瞬かせた。本当はこれからが厳しいんですだなんて、この場で親に言えるかよ。

その昇進の会から一年三ヶ月が経った九月の下旬、郵便受けに白い封筒が入っていた。配達されない曜日に一通だけだから目立つ。まず差出人の名が見えて、そこに立川琉四楼とあった。封をあけるまでもなく、直ちに理解した。そうか、その結論に至ったか。果たして表には『廃業願』とあった。

「私儀、この度、誠に勝手ながら二〇二四年九月をもって落語家を廃業させて頂きたく、ここにお願い申し上げます。この決断に至った理由は、自らの落語に対する熱量が完全に冷め切ってしまったことにあります。本来、大前提で備わっていなければならないものが無くなってしまった今、この現状はこの先の未来でも変わることはないものだと、この数ヶ月間の自問自答の末、結論いたしました。師匠の門戸を叩いて約七年、見習い、前座、二ツ目という期間の中で、様々な経験と景色を見せて頂き、今日まで育てて頂きましたこと、心より感謝いたします。それにもかかわらず、このような形で恩を仇で返す結果になってしまったこと、深くお詫び申し上げます。この愚行は生涯を通じて償っていきたいと思います。本当に申し訳ございません。どうかこんな不肖な弟子をお許しください」

この一年三ヶ月、琉四楼が迷い、悩んでいることは分かっていた。師匠の付き人や楽屋修行、あるいは稽古に忙しい前座と違い、二ツ目になれば自由と暇ができる。独演会でも兄弟会でも形式は何でもいい。とにかく勉強会を始めろ。それが二ツ目の特権だ。いや何よりの願望であるはずだ。私はそれを弟子の誰彼なく言ってきた。もちろん琉四楼にもだ。

琉四楼は嫌な顔こそしなかったが乗ってこなかった。それでも私が言うと、地元の狛江云々――と口を濁していた。次に会ってまた催促すれば、今度は新宿の小さなホールでと具体的になり、実際に新宿では二度ほど会をやったのではなかったか。やっとその気になったかと幾分安心したが、以来、勉強会の話はプッツリ途絶えた。

燃え尽き症候群かとも思った。二ツ目昇進への集中を知っていたからだ。その疲れを癒やしつつ、しばらく喜びに浸るのも悪くない。それにしても何もしない期間が長かった。今思えば、それが落語への情熱が冷めていく時期だったんだろう。

『廃業願』が届く直前のこと、琉四楼は北澤八幡の私の独演会に顔を出した。挨拶もそこそこで、私との距離を取っていることが分かった。打ち上げにも参加していたが、目が合うことはなかった。師匠の会に顔を出し、打ち上げにも参加する。その行動はまだ見込みありだが、あれは私を始めとする面々に、別れの挨拶にきたんだな。会場にも打ち上げにも二ツ目昇進の会にきてくれた客がいたわけだし。胸の内で、お世話になりました、さようならとでも呟いていたか。立つ鳥跡を濁さずだ。

前座の時、廃めたいと言った琉四楼をなぜ引き止めちまったんだろう。あんたにだけだぜ、あんなことを言ったのは。そうでないことを祈るが、あれが却って傷口を広げてしまったか。柄にないことはするなってまったくだ。後にこういうしっぺ返しを食うわけだからな。

手紙の文末には三文判だが『立川』と判子が押してあった。何回も何回も、素面でも酒を飲んでも読んだ。納得した。琉四楼よ、今度は引き止めないから安心しろ。

商社マン

ミシュランの星を一つもらった蕎麦屋が銀座裏にあり、その名を『流石《さすが》』という。そこで限定三十人の独演会が始まった。前を弟子が務め、私が二席。この時点で四時半ぐらいか。客にはいったん出て散歩でもしてもらい、店はその間に宴席を整える。五時開宴。料理は蕎麦懐石で、酒は最初の一杯が無料で二杯目からワンコイン、つまり五百円でかなりお得だ。私はグラスやぐい呑みを片手にテーブル席や個室を回り、落語の話や世間話をしつつホストとして務め、奥のカウンター席に辿り着く頃には、いい塩梅にできあがっている。そんな年四回を順調に重ね、三十回を迎えた。主催の『流石』も私もとりあえず数回を念頭に始めたから、三十という数字に驚いた。記念の会を派手にやろうと盛り上がり、女将が大きめの別会場を借りた。演し物に色物芸人を加えて演芸を分厚くし、宴会の時間も多く取った。女将は張り切り、赤字覚悟の酒と料理を揃えた。何しろシャンパンでの乾杯で三十回記念の宴は始まるのだ。

料理もいつもの蕎麦尽くしではなく洋風で、その評判がよかった。女将が試食を重ねた結果だとは後に聞いた。三十回ともなれば、顔馴染みの客も増えてくる。落語の後の懇親会でともに飲み、会話も交わしているのだ。基本立食だが、ところどころに椅子が配してあり、そのバランスがよかった。私はそこを縫うように泳ぎ、サービスにこれ務めた。常連とはふた言み言で済ませ、一人になりがちな客と話をし、酒や料理を勧めた。中に寡黙な中年男性がいた。グラスは持っているが、料理に手を伸ばさない。勧めてもグラスを少し掲げてこれでけっこうですと言い、私は女将と関わる業界関係者だろうと当たりをつけた。他にも見慣れない客が何人かいたからだ。三十回記念の会は盛大に打ち上げた。いつものように酔っ払った私が次は五十回だと叫んだと聞くが、覚えはない。

後日、寡黙だった中年男性が訪ねてきて、弟子にしてくださいと言ったから驚いた。

「あなた、女将に連なる人じゃなかったの？　いつもの落語会の客席にもいなかったようだし」

「『流石』の独演会には一度伺いましたが、高座と客席があまりにも近く、師匠がすぐそこにいることにビビりました。折よく三十回記念の会があると知りまして、その懇親会で弟子入りをと思いましたが、今度はあまりの賑やかさに果たせませんでした」

「そうか、それで見覚えがなかったんだね。えーと、四十四歳か」

寸志も確か四十四歳だったな。

「間に合うでしょうか」

「手遅れと言う師匠もいるだろうが、驚かないよ。何しろこっちは中年再生工場だからね。えっ、なにあなた、東大の文学部を出てんの？　で商社マン？」

「はい。商社に就職しました」

弱い。ウィークポイントだ。私は東大出に弱い。商社マンにはもっと弱い。

「で海外赴任の経験もあるんだね」

「ほんの数ヶ国ですが」

「凄え、オレは数ヶ国に行ったことはあるけど、あなたは数ヶ国に滞在したんだ。たまげたなあ。大阪出身とあるけど、あまり訛りは感じないね」

「方々へ行きましたので、様々な言葉がちゃんぽんになってる可能性はあります」

「前座は食えないけど、貯えは？」

「商社に二十年おりましたので、それなりには」

「独身なのか」

「縁がありませんでした」

「ってことは子どももいないし、おまけに運転免許も持ってると」

「普通免許ですが」

「それで十分、ダンプや重機と縁のない世界だし。そうか、カネも免許も持っているのか。落語の経験は？」

「社会人落語というんでしょうか、素人落語を少々」

「中の一席を聴かせてよ」

　ほぼ弟子入り決定だったが、高座の佇まいと落語の口調を知りたいと思った。数日後、彼がカラオケボックスで披露したのは『転失気《てんしき》』で、けっこうなもんだった。和尚に貫禄があり、珍念に愛敬があったのだ。人生半ばでの入門だから、半四楼だとその場で命名した。東大出の商社マンを前面に押し出せば、四十四歳はその陰に隠れ、マイナスにはならないだろうと考えた。

半四楼の落語に問題はなかった。声がいい。神経を刺激しないまろやかな声は落語に向いている。滑舌もまずまずで、意外や、笑顔に愛敬があった。見てくれも申し分ない。どっからどう見ても堂々たるおじさんだから、羽織を着れば二ツ目で通り、真打だと言い張れば、それにも客は頷くかもしれない。記憶力にも問題はない。落語を早く覚え、聴いてくださいと言ってくる。しかし『転失気』では感じなかった関西訛りが、他の噺では時どき出た。私は気になるが、気にしない客もいるはずで、磨いたネタでは訛りは出ないが、まだ体に馴染まないネタでは出てしまうということだろう。

楽屋仕事が何もできないことには驚いた。お茶汲み、着物の扱い、打ち上げに至るまで何もできない。ただ突っ立っているだけだから、図体からして邪魔にさえなった。こうするんだよとやって見せても、同じようにできない。のみならず、もたつき、フガフガと荒い息遣いになり、おまけに大量の汗をかく。その様子は、私が不当にこき使っているかのごとくで、見た目も外聞もよくない。琉四楼に教えてやれと言ったら、ちゃんと引き継ぎましたと返され、極まった。そう、兄弟子が下の弟子に数ヶ月は付き添い、手順を伝えるのがこの業界の慣習なのだ。

半四楼は悪くない。すべては私の短絡のせいだ。東大を出た商社マンとくれば営業、私の頭がそう決めつけた。考えてみれば商社マンがすべて営業職であるはずもなく、営業すなわち札束を持って世界の要人と渡り合い、パーティなどはセッティングから接待までお手のものと、私が勝手に思い込んだのだ。つまり営業なら有能で動けるものと。半四楼は経理畑の人間だった。海外へは事務職として赴任したという。何にもできないので確認したら、そんな答えが返ってきて、私は決めつけを恥じた。

「じゃあ、宴会や接待の経験は？」

「記憶にありません」

これを聞いた時の我が身の迂闊さ、切なさよ。私は膝から崩れ落ちる気分を味わったのだった。半四楼は東大文学部の心理学科を卒業したのだという。心理学科？　心理学？　だからといって何もできなくていいという法はないだろう。それでも根気よく教えると効果は出るもので、少しだけ楽屋仕事ができるようになった。まあ何とか連れて歩けるようにはなったのだ。私は気をつかうし、疲弊するが。弟子を取らない主義の言葉が甦る。

「気をつかうし、時間を取られるのはヤだよ」

確かにそうだ。そうだが、ではあなたは誰に育ててもらったのだ。誰の力も借りず、己れの才覚だけで大きくなったのか。


そんなある日、半四楼が帯同する大阪公演があった。楽屋に父親が挨拶にくるという。そう、半四楼は大阪に生まれ育ったのだ。半四楼は長男で弟がいるとのことだが、それにしても四十五歳の父親は相当の高齢だろう。果たして半四楼の父親は壁を伝い歩きしながらやってきた。ふらふらして座るのもままならない。そんな不自由な様子に、私はこのお父さんを安心させてやりたいと思った。半四楼は落語だけは見込みがあるのだ。お父さん、任せてください。きっといい落語家にしてみせますからと。

「一体なんのために東大へやったんだか」

お父さんがのっけに言った言葉だった。

「それがよりによって落語家なんかに」

次の言葉がこれだった。お父さんはこの二つの言葉を三回繰り返し、菓子折り一つを残して楽屋を去った。私は伝い歩きをするお父さんの後ろ姿を呆然と見送った。お父さんを安心させる隙はどこにも見出せなかった。父を送り、戻ってきた半四楼が深々と頭を下げた。反対されてたんならそう言え。とは思ったが、半四楼は人生半ばの四十五だ。入門時が四十四で、初高座を四十五で迎え、四十五は四捨五入すれば五十で、親の反対が何だ。人生の決定権は半四楼にあるのだ。半四楼は十分過ぎるほどの大人なのだ。

この分ではお母さんも反対なのだろう。老夫婦が、息子が世話になる師匠に揃って反対の意思を表明するのはよろしくない。ではと、お父さんが代表して愚痴を言いにきたのだ。お父さんの私に向けた目が言っていた。あんたが東大を出た倅を引っ張り込んだんだと。お父さん、それは違う。あなたの息子が勝手に押しかけてきたんだ。それでいて楽屋仕事が何もできないんだ。

痩せると動きが楽になると誰かがアドバイスしたのか、半四楼はダイエットをした。効果覿面、俄かに動きが緩慢ではなくなった。汗も少なめで、フガフガとも言わなくなった。それでも当時まだ前座だった縄四楼が、見かねて半四楼がやるべき仕事をやってしまうことがある。半四楼はそれを漫然と眺めている。私からはそう見える。半四楼は自分がやるべきだと分かっているが、体が瞬時に反応しないのだ。おい半四楼、黙って見てちゃダメだ。これは私の仕事ですと縄四楼から取り返せ。縄四楼も気がついちまうのは分かるが、ギリギリまで待て。できるだけ半四楼にやらせるんだ。

そのころ楽屋に「ロレックスの半四楼」との評判が立った。出演者の出番や持ち時間に気をつかう前座に時計は必須で、スマホで確認するのが常だが、そのスマホが壊れた。半四楼の商社マン時代の趣味は腕時計の蒐集で、中の一つをつけて楽屋にいたら、そんな評判が立ったのだ。凄えなロレックスかよと二ツ目に言われ、いえ安物ですと答えたから噂に尾鰭がつき、あいつには腕時計だけで数千万円の資産があるということになったのだ。

「とんでもないです、その三分の一もありません」

半四楼はそう言うのだが。

その半四楼が立《たて》前座になった。つまり前座の中で一番偉い。二ツ目は目前だ。見習いや平《ひら》前座にお茶出し、着替え、高座返し等の指示を出し、自らはネタ帳を記し、出番を采配しつつ、楽屋に君臨している。いくぶん体重が戻り、スキンヘッドにしたから大貫禄で、確かに前座の中では最古参なのだが、二ツ目はもちろん、若手真打に迫るほどとてつもなく偉く見える。正座をしていることだけが前座の証で、何もできなかった男がなあと、私の感慨は深い。

「何にもできねえのが時々いるが、そういうのは楽屋に転がしときゃいいんだ。そのうち何とかなる」

亡き談志はそう言ったが、なるほどその通りで、私は今更ながらに楽屋のよくできた機能に驚く。小言を言われ、揉まれるうちに本当に何とかなる。現に私はそれを目の当たりにしているのだ。

半四楼はこのところ機嫌がいい。すぐ上の琉四楼が二ツ目に昇進し、次は自分だとハッキリしたからだ。もう一つは弟弟子ができることだ。しかしそれは糠喜びに終わった。楽屋見学に現れた男を出演者各位に紹介してしまったが、男はあくまで見学でまだ弟子ではなく、おまけに男は実年齢の五十一歳を三十九歳と偽っていたことが発覚、その上、弟子入りを二度断られたことを隠して入門を謀り、見学にきた日暮里寄席から帰されてしまったのだ。せっかく下ができたと思ったのにガッカリだった。と同時に半四楼は安堵の胸を撫で下ろした。入門時に年齢を正直に申告してよかったと。入門が叶わなかった男の経緯を理解したと同時に、喜べ、下ができるぞと師匠が言った。声優に始まり、ボイストレーナーをしていた女性が正式な弟子になり、その教育係を任されたのだ。五十一歳の後が女性で談声。なに、ジョセイでダンセイ？　目まぐるしさに大いに戸惑ったが、ここできちんと教え込めば雑事から解放され、二ツ目の準備に真っしぐらだ。そして何より念願の兄弟子ヅラができるのだ。おかみさんが膝を悪くして着物の管理を任されたが、アイロンかけに失敗し、着物に大きな焼け焦げを作ることはもうなくなるだろう。

足袋、ステテコ、肌襦袢、長襦袢、下締め、長着、角帯、羽織が身につける順番だ。洋服から着物へだから、脱いだ洋服をハンガーにかける。もたもたしてると着物を渡し損なう。このタイミングが難しい。冬はダウンやコートに始まり、重ね着もあるから大変だ。着物は軽いし、夏は楽だと談声に伝えよう。そこへ手拭いと扇子を添えれば支度は完了。ネタ帳を眺めてネタを決め、師匠は高座に上がる。下りれば着物を畳み、洋服を差し出す――半四楼に一連の流れを談声に教えたかと問うと、意外な答えが返ってきた。

「はい、動画で」

半四楼はそう答えた。しばしして、そうか、その手があったかと感心した。着物の畳み方を教える際は、教える側と教わる側がかなり接近する。教わる側は必死で教える側の手元を見つめ、このとき知らず知らずのうちに接近するのだ。男同士では意識もしないが、男女となるとお互いやり辛いこともあるかもしれない。一度教え、半四楼はそのことに気がついた。それで談声にスマホを持たせ、撮影を許したのだ。談声にも繰り返し見られる利点があり、それでも分からない点があれば、談声は姉弟子であるだん子に聞けばいいのだ。あのコロナ禍なら最初からそうしたろうが、感染者が減りつつある今、よくそこに気がついた。さすがは年の功だ半四楼。ついでにお茶の淹れ方、出し方も教えといてくれ。

オレには濃いめの熱いのを早めにとな。

　お茶と言えば、コロナ禍に入門した前座は気の毒だ。彼らはお茶出しや着替え、そしてその着物を畳む機会さえ奪われた。出演者は出番ギリギリの楽屋入りを強いられた。しかもマスク、検温、消毒を経てだ。座ったところへお茶が出るが、それは紙コップに入ったペットボトルから注がれたもので、回収と同時に廃棄された。使い回しではありませんとのせめての前座の誠意だろう、紙コップに書かれた出演者の名前が痛かった。

　着替えは各自でに愕然とした。密を避けるためだという。そう言えば小池都知事は三密を避けろなんて言い、尾身さんはマスクをしたままでの食事の仕方を見せてくれたっけ。笑ったなあ。大の大人がそんなことを真顔で言ったり、演じたりしたのだ。前座は着物を畳むこともできない。同じ理由でだ。つまり前座のスキルがまったく上がらないのだ。出番が済んだらとっとと帰れとのお触れもあるから、打ち上げだってできやしない。これも前座には痛い。飯や酒にありつけるだけでなく、前座同士では知り得ない、古老から昔話を聞く機会をも失った。前座はホラを含んだそんな話から養分を吸い取り、芸人として少しずつ成長するものなのだ。今、ぎこちなく動く前座が散見される。お茶出しや着替えに緊張するというのだ。こんなものは慣れだ。わずかな実践で、容易にこなせるようになる。前座諸君、安心しなさい。いずれ元に戻るから。また戻んなきゃしょうがないんだ。

借金は少し減った。世田谷の病院の請求九十万円を三十万円まで戻した。無理をしたが、これは大きい。払うという意思は通じたろうから、これからはチョビチョビ払うと決めた。一難去ってまた一難、今度は練馬のリハビリ病院からの請求三十万円の連続が始まったのだから面白い。練馬にとりあえず一つ入れると、差し引きわずかに減っただけとなる。さあ練馬の病院をどう宥めるかだ。不動産屋は弁護士を交えたどうかは知らぬが、協議したらしい。一度きてくれということになり、赴いた。当たりの柔らかい四十がらみの男の人が言った。

「毎月のものだけキチンと入れてください。現在のこちらの条件はそれだけです」

「さ、さ、三百万円は？」

「今すぐは無理でしょう。ご事情もお有りかと思いますし」

おお、カミさんの脳内出血、及び入院、転院を話したのが功を奏したのだ。当たりの柔らかい人は、その代わりと言い、続けた。

「毎月のものは必ず入れてください。決して滞ることのないように」

決定だ。家賃最優先だ。他はともかく、家賃に全力傾注なのだ。その決意を告げると、男の人はまた柔らかく言った。

「この数年、大勢の方が痛みましたからねえ」

この不動産屋も私のような案件をいくつか抱えているのだろう。追い込んでもいい結果は出ない。払う意思を見せた人に最低限のことをしてもらう。いずれ世の中が回り始めたら回収できるだろう。恐らくだが、そう考えたのだ。私は何度も礼を言い、不動産屋を後にした。


カミさんの入院する練馬のリハビリ病院では、月に一度だけ面会できる。同居する三男を伴い、下北沢から吉祥寺へ出て、埼玉まで行くバスに乗り換える。リハビリ病院はその途次にある。入院費は溜まりつつあるものの一回振り込んだので、受付で堂々と検温し、用紙に必要なことを書き入れる。療法士に車椅子を押されたカミさんが現れる。手を振ったら振り返してきた。笑顔もある。

「少し痩せたか？」

「その方がリハビリの負担も軽くなるからって」

そうか、体重もリハビリの負担も軽くなるのはいいことだ。そこへ担当の医師が現れ、面談室へ。医師曰く、

「体重は少しずつ落とすのがコツです。一気に落とすと体のパワーが衰えますし、気分も

落ち込みます。ですから目標の体重まで落ちたら、食事を元の量に戻します。その繰り返しで軽くなってもらいます」

「なるほど、少しずつですか。分かります。食事も数少ない楽しみの一つですからね」

それからリハビリの説明を受ける。カミさんがこれまで達成できたことと、いまだできないこと等の。そしてそれらの数値が書き込まれた紙を渡される。

「親子三人が顔を合わせるのは久々でしょう。どうぞ十分ほど話してってください」

医師はそう言って去り、療法士はロビーまで車椅子を押してきて、言った。

「その部屋にいます。お帰りの際にお知らせください。私が病室までお連れしますから」

カミさんは食品以外のものをリクエストできる。ヘアブラシ、爪切り、靴下と三男がメモを取る。カミさんが気になるのだろう、カネのことを口にするが、遮る。大丈夫、何とかなってる。病院にいる人がそんなことを気に病んでどうする。今のあなたは私のマネージャーでもカミさんでもない。今のあなたの仕事はリハビリだ。少しでも元気になることだ。安心してリハビリに励みなさい。じゃ、一ヶ月後にまた。手を振るとカミさんも手を振り、療法士さんまで手を振ってくれた。

帰りのバスの車中、三男と数値が書き込まれた紙を見る。私はカミさんが装具とステッキで歩けることを望んだが、歩けてもわずかで、移動の大半は車椅子になるだろうと判断した。三男も少し間はあったが、同意した。三男も私と同じことを考えているはずだ。一階とは言いながら、車椅子でのアパートの出入りのことだ。その導線をどう作るかだ。三男がボソリと言った。

「でもこれからの猛暑を病院で過ごすのは悪くないと思うよ」

私は大きく頷いた。


四年半こなかった弟子入りが連続し、半四楼にも妹弟子ができたその頃、そこにもう一人弟子入りが現れた。中央区役所に務めていた男が、この中年再生工場を目指してきたのだ。


役所内で落語同好会を作り、施設の慰問などをしていたが、熱が昂じてしまったという。学習院大学哲学科卒の四十一歳と言うが、その日の私には時間がなかった。

「縄四楼が二ツ目になり、その後に半四楼が控えている。そこに二人の弟子入りがあり、一人は取ったものの一人には引っ掻き回された。つまり今バタバタしている。話をゆっくり聞いてる暇もない。ひと月も経ちゃ落ち着く思うが、その時にあなたの熱が冷めてなかったら、またきてくれ」

そう伝えたが、果たして彼はやってくるのか、あるいは諦め、引き下がるのか。

元公務員はジャストひと月で現れた。弟子入りを表明したお江戸上野広小路亭にだ。スーツにネクタイをきちっと締めた姿はさすがは元公務員、本気度を感じる。持参した履歴書には細かい文字がびっしりと書き込まれ、立ち話の場ではとても読みきれない。ごめん、今日も時間がないんだ。これは預かる。数日後のお江戸日本橋亭にきてくれ。返事はそこでする。

お江戸日本橋亭の改修もいよいよ近い。その名残りの高座を降りると、楽屋に出番のないキウイがいて、お待ちしてましたと言った。キウイと私の目下の共通話題はアレしかない。

「岡島がまたやらかしました」

「またとは見当がつくが、今度は誰だ？」

「ついに彼はブラック師匠のところへ行きました」

ブラック？　やや、これは盲点だった。想像すらしなかった。やるな岡島、その手に出たか。ブラックは私の元兄弟弟子で、惣領わんだの師匠だった男だ。流派を除名になり、今はフリーで活動しているが、元立川流というそこに目をつけるとは。

「で岡島はオレたちに断られたことをブラックに話したのか」

「いえ、その件にはダンマリでしたが、別の理由で断られました」

「別の理由？」

「岡島は我々の落語を聴き込んだ上での入門志願ではありませんでしたよね。ブラック師匠の落語も同様で、聴いてないんです。それにブラック師匠は歌舞伎が大好きですよね。歌舞伎座の外人と言われるぐらいに」

「怪人のシャレな。ブラックはそういうところが凄いんだ。だけどブラックにはもう一つあるだろ、得意ジャンルが」

「邦画ですよね。この分野では他の追随を許しません。ぶっちぎりです。岡島は歌舞伎も邦画もちんぷんかんぷん。で岡島は、落語愛がない、歌舞伎愛がない、邦画愛がないという三つの理由で断られたんです」

なるほど、三つの愛が欠けていたか。相変わらずブラックは論が立つなあ。それにしても岡島の鉄面皮たるや、ここまでくると大したもんだ。またやらかす可能性さえ見えてくる。弟子のことを考えるきっかけの一つも岡島の弟子入りだ。恩人とは思わないが、ここまで突き抜けるのは大物なのかもしれない。おっと、元公務員を長く待たせてもいけない。

「キウイ、情報をわざわざありがとう。また飲もう。じゃあな」

靴べらを手渡す弟子に言った。

「談声、弟弟子ができるかもしれないぞ。半四楼から聞いたか。そうだ、こないだ広小路亭にきた元公務員だ。履歴書の特技にフルマラソン三時間切りと書いてあってウケたぜ」

ギイ。お、いたいた。やあ待たせたね。


元公務員は弟子になり、公務員の公から公四楼と名付けた。七人の弟子が八人の弟子になったが、琉四楼が廃め、七人の弟子に戻った。と思ったらまた一人やってきて、琉四楼が廃める前だったので九番目の弟子ということで、談九《だんく》と名付けた。談九の入門が決まった時の半四楼の優越の表情を、私は見逃さなかった。半四楼は東大卒業だが、談九は東大中退なのだ。中退したことで親と断絶、塾の講師などをしながら食いつないできたという。芸名の談九の九は、九代目はきゅうだいめでなく、くだいめ。一般にも四十九日の法要はよんじゅうきゅうにちの法要ではなく、しじゅうくんちの法要に倣った。高座でだんくシュートを決めてくれとの意味合いもある。

増減があり、八人の弟子が現状だ。七人の弟子プラス1《ワン》という言い方もできるか。これからこの数が減ることはあっても増えることはないだろう。私に何か起こるかもしれないし、それは弟子にも言えることで、動いて足掻いてりゃ当然そうなり得るし、それがこの世を落語家として生きるということだからだ。私は談志に何度か、おまえはほどがいいと言われた。談志は私の現状をどう評するだろうか。弟子か？　多くなく少なくなく、ほどがいい。まあ言いそうなことだ。行きつ戻りつはあるだろうが、みんな、このいい稼業の落語家であることを、当分は楽しもうぜ。

長四楼のこと

「長四楼さん、どうしてますかね。元気ですかね」

長四楼が廃《や》めた後に何人かの客に問われたことだ。人懐っこい笑顔と快活さが客の印象に残っているのは確かで、私も、元気でやってると思いますよとその都度に返した。

去る者は日々に疎しで、客が長四楼に言及することが減り、廃めた弟子のことをあれこれ考えるのは詮ないことと、私もあえて記憶を封印してきた。わんだの後、寸志の前にきた弟子だった。落語家であり続ければ、ちょうど今頃はいわゆる還暦真打であり、その昇進披露の真っ最中であったろうと、これ以上ない詮ないことをつい思った。高座でいい味を出していたことは想像に難くない。売れているか、燻《くすぶ》っているかは神のみぞ知るだが。

前座半ばでの、突然の離脱だった。

長四楼はお江戸上野広小路亭にやってきた。弟子入りはロビーにいると聞き、私はロビーに立っているおじさんのその先を見た。誰もいない。まさか。このおじさんが？　果たして彼が入門志願者で、いきなりとびっきりの笑顔で、弟子にしてくださいと言った。

秋田のお祭り男でした。祭りはケンカですから、極真空手も習いましたと、私にはどうでもいいことも言い、妻子持ちで息子は高校生、秋田県内を菓子の営業で走り回り、それを東京でやることになって数年ですと言った。東京では大学出の上司に振り回されたと言ったのはハッキリ覚えている。見返してやりたいんですとも言い、私にはないモチベーションなので、その考えを新鮮に感じた。祭囃子と寄席囃子を間違えて寄席に耽溺、社会人落語に加入し、早期退職といった経緯だった。現在カミさんが宝くじ売り場に勤め、退職金は息子の学費に充てましたと言った。その明快な説明は覚えている。

長四楼の長は長老の長である。中年再生工場は寸志に始まり、だん子や半四楼でピークを迎えたと思い込んでいたが、先鞭をつけたのは四十七歳で入門した長四楼であった。当人が高座で長四楼の長は長老の長と言ったかどうかの記憶は曖昧だが、私はよくそれを言った。

「いま出た前座は長四楼と言いまして、長四楼の長は長老の長であります。とにかく四十七歳の入門で、羽織を着れば堂々たる二ツ目で、真打と言い張ればそれで通っちまうくらいの大貫禄――」と、少なくとも私は喜んでいた。入門時、長四楼は四十六歳であったが、少し待たせた。と言うのも当時の立川流の最高齢入門者は志らく門下のらく朝で、これが四十六歳、同い年じゃ面白くない。聞けば間もなく四十七歳になるというので、その日を待って長四楼は弟子となったのだ。つまり高齢新記録である。最高齢は売りになる。親心か面白がってのことか、その辺は定かではないが、私もまだ若かったし、おそらく後者だろう。それが二〇〇九年八月のことだった。

その暮の十五日、長四楼は私の独演会において『浮世根問《うきよねどい》』で初高座を踏んだ。小さん、談志、私へと渡ってきたネタで、それが長四楼へと伝わったわけだ。長四楼は目論見通り味を発揮し、私は喜んだのだが、当人は出来に不満だったという。社会人落語の仲間が何人か客席にいて、連中に恥ずかしいと言ったと、後に噂として聞いた。噂だから私は気にしなかったが、長四楼は高座を重ねるうち機嫌がどんどんよくなり、ほう、初高座の出来が本当に不満だったらしいと、そんな経緯で知った。同時に見かけとは違ってデリケート、案外気の小さい男なのかもしれない。

落語に関しては褒め続けた。気が小さいからではなく、本当に私好みの落語をやるからで、他意はない。落語の系譜は大きく分けると三遊派と柳派になるが、長四楼の落語が柳派の血を引いていると言っても、それは分かる人にしか分からない。柳派の系譜ではあるが、長四楼の高座の特徴は表情の緩急にあった。とびっきりの笑顔と仏頂面の間に落差があったのだ。長四楼の平素の表情は強面に属する。だから、怖がられるぞ、笑顔でいろと常に言った。

これも後に聞かされたことだが、体が動かないことにも情けない思いをしたという。年齢からくるもので、若い頃のように体が素早く動かないのだ。これも私は気にしなかった。我が身を振り返れば分かる通り、そういうものだからだ。前座時代、十八歳の私はクルクルとよく動いた。談志の付き人も寄席の前座仕事もだ。考えるより体の反射で動いたのだと思う。そして疲れを知らなかった。そりゃ寄席の昼夜務めが三日も続けばぐったりしたが、それとてぐっすり眠ればたちまち回復したものだ。

二ツ目となっても動いた。二ツ目になると高座数がガクンと減る。真打は客を呼び、前座は労働力として必要不可欠で、寄席では、二ツ目は戦力ではないのだ。師匠がトリを取れば高座の可能性もあるが、当時は兄弟子が六人いて、お鉢はなかなか回ってこなかった。その頃に結婚する者が多く、私もその例に漏れず、今度は高座がなくとも食うために動く必要があるのだ。前座には祝儀不祝儀の付き合いがない。そのカネを出すどころか、受付等を手伝うと手間賃がもらえた。二ツ目になるとそうはいかない。様々な付き合いがついて回り、その費用を捻出する必要があり、故に楽屋には「二ツ目貧乏」との格言があるのだ。

運は悪くなかった。私たちの上の世代、つまり団塊の世代が空前の結婚ブームを迎え、時代が結婚披露宴の司会を求めていた。これに乗らない手はないと始めたが、司会の才があったものか、あるいは単に間がよかったか、仕事が次々と舞い込んだ。安かったがそこは数でこなした。ある大安の日、午前、午後、夜と三つの披露宴の掛け持ちをしたが、合計のギャラが家賃に足りないことが発覚、これだけ働いてもと情けない思いをしたが、時代はカラオケブームともなっていて、その大会の司会にも請われた。ラジオの仕事もきた。北海道のＨＢＣと東京の文化放送だ。ＨＢＣは二泊三日で札幌へ飛び、月〜金五分の番組一ヶ月分を収録。文化放送は毎週日曜日、八王子大丸の屋上が仕事場で、歌謡ショーの司会が一時間、オンエアはそのうちの十五分だが、ギャラは文化放送と大丸の両方から出た。歌手やマネージャー、放送やイベントに携わる人、デパートの人。そんな異業種との交遊が楽しく、「えっ、あなたがユーミンのお父さん？」などということもあり、酒も大いに飲んだ時期だが、疲れ知らずだった。

あれやこれやがあって立川流の第一期真打になり、談志との二人旅で異変が生じた。談志の用が素早くこなせないのだ。談志は苛立ちもせず、笑いながら言った。

「前座の頃のようにできると思ったか。まあ焦らずゆっくりやれや」

そう、これは多くの人が通る道なのだ。談志もどこかでそれを体験していて、だからこそ笑って許したのだろう。こうすべきだとの段取りは頭に浮かぶのに、体がそのように動かない。むしろ我らは、若い頃、前座、二ツ目時代の動きに感謝すべきなのだと、私はそう理解した。だが長四楼にはそれがつらかったということだ。

「あなたは若い頃は他の仕事に就いていて、その時代は思うように動けていただろう。祭りも十分に楽しんだはずだ。だからいま動けないのは不思議なことじゃないんだ。気にするな。動くべき前座としての情けなさは分かるがな」

そう言ってやればよかったという思いはある。言葉にして伝える。大事なこととは思うが、私の態度や雰囲気だけでは彼には届かなかったのかと、やはり今にして思うのだ。

私は長四楼の大人の味を買っていた。人生経験から滲み出るものをだ。若くして、つまり早い入門の者が大成するとは限らない。むしろ私は社会、世の中を知っている者を買っていた。社会や世の中を知るということは、世の中の仕組みは当然だが、何より人を知ることだ。揉まれながら仕事をする中で得るものはきっとあり、それが必ずや落語に反映するはずだと。社会経験のない子どもの落語を一体誰が聴くのだとまで思う。落語は、大袈裟に言えば人生を語るものなのだ。

定年退職をした落語ファンが某協会に、入門を手紙で履歴書とともに申し込んだという。

「第二の人生を落語家としてまっとうさせてください」

これを読んだ現役の落語家が激怒したと伝わっている。

「それじゃあ第一の人生を捧げたオレたちはどうなるんだ」

それは分かる。痛いほどその気持ちは分かる。第二の人生との言葉を侮辱されたと受け取ったのだ。言葉を扱う仕事に就こうとしながら、そこに無神経なのだから、この拒絶はやむを得ない。しかしその定年を迎えたおじさんにも、職業選択の自由という名の権利はあるのだ。ネックは六十歳、還暦にあろう。これはいくらなんでも遅い。記憶力がだいぶ違うからだ。そう、記憶力は退職金では買えないのだ。入門が遅くなるほど記憶力は衰える。記憶力に関しては早い遅いの個人差はあるものの、その衰えは確実にやってくる。その点からすると、入門が早い方がいいのは明らかだ。落語はまず覚えることから始まるからだ。そしてそれを記憶し続けなければならない。前座や二ツ目時代、砂に水が染み込むごとくに覚えられたものが、これもまた早い遅いの差こそあれ、誰でもそのスピードが落ちる。そして記憶し続けることにも支障が出る。私は近年の高座ではこう言っている。

「もういけませんな。近頃は忘却力が記憶力を凌ぐことがあるくらいで」

私自身に関してのことだが、中年の弟子のことも頭にある。だから飲んだ折などには、彼らに、

「大して年の差はないんだからともに滅びようぜ」

そう言うことがある。座はドッと湧くが、半分マジの半分シャレというやつで、私は遅

い入門のリスクも知っているつもりなのだ。それでも私は長四楼を弟子にした。彼が廃めた後も四十代の寸志、女性ではだん子、談声、そして半四楼、公四楼をも取ったのだ。長四楼に思いを馳せたことで、早くから私に中年再生工場の構想があったことを知った。何がきっかけだったかともやもやしていたが、私は早い時期に、単なる若さより、その人の持つ社会経験を重視していたのだ。

長四楼が泣きながら駆け込んできた。

「カミさんががんになってしまいました」

そう言った時には面食らった。あまりにも取り乱していたので私は戸惑い、まあ落ち着けと言うしかなかった。長四楼はオイオイと泣いた。まさに手放しで泣き、がんという病よりこんなに泣いてもらえるカミさんを羨ましくも思った。結局、がんかもしれないを長四楼ががんだと思い込んだもので、カミさんはがんではなかったのだが、その辺から長四楼は心身のバランスを崩すようになった。おはようございますとやってくる時のトーンが下がり、売りの笑顔が消えていったのだ。そして数日間、ついには寝込んだ。私のところへ通えなくなったのだ。私は長四楼を見舞った。わずかの見舞金を前に長四楼がまた泣いた。帰り道、思った。あいつ、大丈夫かと。そしてその時の胸騒ぎは的中するのだ。

決定的な出来事は地方公演で起こった。岐阜県関市のお寺さんへ駅からタクシーで向かっている時だった。寺に案内すべく、タクシーに同乗していた落語ファンの客がコンビニ前でタバコを買うからとタクシーを止め、そうだオレもと私の分を長四楼に託した。タクシーに戻った長四楼がハイライトと釣り銭を差し出した時、私は軽い冗談を長四楼にカマした。「このお客さんが買ってる時、ついでに師匠の分もと言って買ってもらうんだよ、イヨッとかなんか言って」と。車内に冗談を証明するように笑いが起きたが、長四楼はムスっとした。「ああ、そうでした。ヨイショをうっかり忘れました」などと躱《かわ》す手があるのにだ。このところ感じていたことだったが、長四楼の今日の様子はいつにも増しておかしかった。

それからの長四楼は何かが切れてしまったように、不機嫌をヒートアップさせた。お寺さんに入り、さて着物への着替えをとなった時、長四楼は明らかに不貞腐れていた。どうにでもなれという心境だったのだろうか。当然私は「ちゃんとやれよ」と師匠として長四楼に小言を飛ばす。

すると長四楼は「やってますよ」と顎を出しつつ返したのだ。ああ、これは廃めるつもりだなと理解した。しかしこんな形でなくてもとも思った。正座をし、頭を下げ、お世話になりましたと言う方法もあるのだ。

「長四楼、そこまでだ。それ以上言うと終わるぞ。オレは次にはクビだと言うことになる」

長四楼は売り言葉を買うように言った。

「そうしてください」

私も即座に応じた。

「そうか、では破門だ。今すぐ立ち去れ」

お世話になりましたと立ち上がるかと思ったが、長四楼は意外なセリフを吐いた。

「いえ、今日一日は務めさせてもらいます」

どういうことだ？　たった今、あんたはクビになったんだ。これ以上、何をしようというのだ。名残りに今日一日を味わいたいということか？　苦し気に歪む表情から、思いがまだ千々に乱れていることは分かった。勝手にしろと思いつつ、そうか、今日一日の間に考え直す可能性もあるかとも思った。私は長四楼に、好きにしなと言った。

長四楼はその落語会の前座を務めたはずだが、私は彼の演目を覚えていない。もちろん自分の演目もだ。盛況だったことは記憶の片隅にあるのだが。次の記憶は長良川沿いのホテルに飛ぶ。宿泊先であり打ち上げの席だ。ほどよく広い和室に主催者や落語ファンが七、八人いたと思うが、長四楼の姿はそこになかった。今日一日は務めると言ったのに、矛盾している。務めるとは高座のことで、打ち上げの手伝いはその中に入っていないのかもしれない。

打ち上げに参加した中の三人は、控え室での私と長四楼のやりとりを目撃している。クビの一瞬をだ。打ち上げにふさわしい話題ではないが、そこを避けて通るわけにはいかない。このぎくしゃくする雰囲気を、そこにいなかった人に説明する必要がある。私はこのところの長四楼の様子を語った。それらがあって今日のクビに至ったことを。そして、目撃者が今日起きたことの感想を言った。

「うちなんか息子としょっちゅうあれぐらいの言い合いはしますよ。親子ゲンカに見えましたがね」

なるほど側からはそう見えるのかと、少し驚いたのを覚えている。それは不愉快な目撃談ではなかったが、私に、徒弟制の不可解さを理解してもらう難しさを考えさせた。入門早々では親子にはなれない。数十年かかって、つまり色々あって、初めて親子と言える関係になるのだ。もちろん口にはしなかったが。

ようやく打ち上げの体勢が整った。カンパーイ。皆ことさら賑やかに飲んだ。気を遣い、誰も長四楼の話題に触れなかった。やがて酔いが回り、トイレに立つ人が出てくる。何人かがそうしたが、中の一人が戻ってきて言った。

「彼、ロビーにいましたよ」

ロビーに？

「ええ。部屋が取ってあるんだから入ることを勧めたんですが、ここでいいと」

打ち上げの手伝いをしないでロビーで過ごす。そうか、それが長四楼の今日一日を務めるということか。矛盾は解消されないが、そういう考えなら致し方ない。しばしして、また一人が言った。

「廃める意思の固い姿を見て、翻意を促す気が失せました。廃めて楽になりたいんだなと思います。なんか自分に絶望しているようで、もう声がかけられませんでした」

ほっといてやってください。私はそう言うより他になかった。それから会社を辞めてった人の話、蕎麦職人が独立する話、つまりは立つ鳥跡を濁さずに関する話などが少し出て、打ち上げは解散となった。翌朝早く、私はロビーに長四楼の姿を探した。すでに姿はそこになく、列車が動き出す時間を待って去ったのだと理解した。チケットを渡してあったのが、せめてもの救いだった。二日酔いのせいもあったろうが、私は帰路を覚えていない。着物はどうしたのだろう。前座が持つのが習わしだが、その前座がいないとなると私が持ち帰ったことになる。うん、嵩張り重いがそうしたのだろう。

長四楼はそうして私の前から姿を消した。今更ではあるが、気になり、長四楼の同期、あるいは前後して入門した者の何人かに、電話やメールで長四楼を覚えていますかと接触した。昔のこと故、多くがよく覚えていませんだったが、落胆はしなかった。修行途上の前座の離脱はそうなるのだ。二ツ目になれば、交遊はグッと広がるもので、やはり前座としての離脱は知る人も少ないのだ。

しかしある一人から好感触を得た。

「元気でやってますよ。確か音楽をやってるはずです」

「音楽を？」

「職業ではないでしょう。おやじバンドみたいなやつです。楽しそうですよ」

「楽しそうって？」

「彼とは相互フォロワーではありませんが、私、時々彼のXを覗いてるんです。以下がアカウント名です。どうぞご査収ください」

「ありがとう」

もらったアカウントを検索したらあっという間にあの懐かしい顔が出た。同時にゲッという下品な声も出た。何と私は長四楼にブロックされていたのだ。

「@◯☆さんはあなたをブロックしました」

「@○☆さんにブロックされているため、@○☆さんのポストを表示できません」

ショックは一瞬で、すぐに、うんそうなるだろうと理解した。私もXをやっていて、フォロワーは十五万七千人を超え、落語家としては多い方だ。そして時々そのポストがバズる。惣領弟子のわんだに言わせると「また今日も師匠が炎上しています」だが、それはどっちでもいい、紙一重だ。つまりフォローしてなくても大勢のリポストによって、否応なく読む羽目になる。場合によっては日に何度も目にしてしまう。かつての師匠のポストを読むのは殊の外つらい。ましてやそれが落語や落語界のものであれば尚更で、彼はできるだけ目に触れぬよう、防御策として私をブロックしたのだろう。

ブロックされているので、彼が今どんな活動をしているのかは皆目分からないが、アカウントからわずかの情報は得られる。背景の写真はお江戸上野広小路亭だ。どうなんだ長四楼、入門した折の寄席を載せるのは、これはまだ未練があるということか。単なる思い出の象徴ということか。でも当人の写真がそれを打ち消す。長四楼は細っそりと写っていて、当時よりかなりソフトな印象を与える。色黒でもなく角刈りでもなく、髪も伸ばしていて、それも淡く染めているか。薄い色のサングラスをかけ、おまけにペンダントまで下げている。当時の彼を知る者にとって、それらは彼に最も似合わないアイテムだが、不思議とサマになっている。音楽をやっているというのは本当なのかもしれない。どう見ても、寛ぐミュージシャンという風情なのだ。表情もうんと柔和になった。廃める間際の苦し気な表情は、どこにも見当たらない。この寛いだ風情と柔和な物腰は、何かから解放された者が醸し出すものだ。よかったな長四楼、家族はみな元気か。ハッピーに、つつがなく暮らせよ。

三日間の弟子

居酒屋の二階宴会場は熱気であふれた。

「まる二年ぶりだ」

「本当に落語をナマで聴ける日がくるとはな」

「そう、もう諦めてた」

客は興奮した声でそう言い合い、早くも念願だった握手やハグを繰り返している。客席がすぐそこの屏風を立て回しただけの、楽屋と言うより単なる着替えの空間だが、客席の様子が手に取るように分かる。打ち上げで馴染んだ声がそこに混じる。

信州は伊那谷のこの小さな町で独演会が発足したのは十年前だ。東京の我が一門会に原と名乗る男が訪ねてきて、直接持ちかけてきた。キャパからくるギャラも納得できたから受けたが、一つだけ条件を付けた。

「打ち上げで地酒を出し、原さんの家でもいいから泊めてくれること」

同世代であろう原さんはニヤリと笑い、言った。

「元よりそのつもり、私もイケる口なんです」

まだバスタ新宿はなく、中央高速道を走るバスは明治安田生命ビルの前から出た。一回の休憩を経て四時間ほどしたバス停に、笑顔の原が待っていた。

初回は三十人ほどが集まった。この時、原が動員に苦労しているのが分かった。しかし二回目は四十人に増えた。三回目だった。原経営の果樹園で遅めの昼食を摂ったのは。丁度、ぶどうからリンゴに切り替わる秋口で、リンゴ園の真ん中にシートを敷き、収穫と出荷を待つ、たわわに実った木の下で握り飯を頬張ったのだ。

「こんな贅沢はない。ここで一杯やりてえ」

感激してそう言ったが、原は相好を崩しつつ言った。

「それには昼公演にして、師匠は朝イチでバスに乗る羽目になるよ」

朝イチかと少し唸り、その夢はまだ実現してないが、会を重ねる毎に観客は少しずつ増えた。ちゃんと演《や》ることの何と大切なことか。原はこれ以上広げるつもりはないと言うのだが、客は口コミで少しずつ増えているのだった。

十回目の秋も予定通り赴くはずだった。しかし初春に端を発したコロナ禍によって、三月下旬、四月、五月の落語会は壊滅状態。六月、七月にポツポツ仕事が入ったものの、自粛すべきとの主催者は多く、いや政府や自治体のプレッシャーが強く、秋の公演までの大方の落語会が潰れた。

その流れは師走から年を跨ぎ、もうよかろうという時、コロナの第二波が列島を襲った。さすがに万事休すの感があった。自分のカネでもないのに出し渋る政府から、わずかの補償はあったが焼け石に水で、生活保護を受けたり廃業する落語家まで出た。

手拭い、扇子等を売りに出したが、珍しいのか不思議と買い手が現れ、そこへ原からCD五十枚の注文があった。

「みんな飢えてるからきっと買う。できればサインを付けて」

半信半疑で送ると、半月を経ずしてまた二十枚の追加があり、世間の落語への渇望を実感した。

日本中が苦境に喘いだとも言えるが、歌手は動画の中で唄い、落語家もまた無観客で配信した。各自それぞれの手法で奮闘したが、大きな利益を生むには至らず、誰それが心を病み、助かったものの自殺を図ったとの噂も流れた。そしてそういうことに誰も驚かなくなった。

廃《や》めていく弟子を、

「いつもなら引き止めるさ。だけどこっちも食うや食わずだ。食えないから廃めるってものを止められるかよ。席は空けとくよとは言ったけど」

そう落語家某は言ったが、他人事ではなかった。

落語に関する蔵書もすべて売った。覚悟していたが、古本屋では思うような値は付かず、見ると傍らには歌舞伎や芝居、映画の本がうず高く積まれ、芸能に携わる者は、みな等しい環境にあるのだった。感染したら諦めるが、自死するつもりは毛頭なく、何とかここまで生き延びた。しかし茹《う》だるような夏を越えられるかと不安に思った時、原から電話があった。声は弾んでいた。

「やるよ、秋に。誰が何と言ってもやるよ。師匠、来てくれるかな」

「行くよ、行かなくってよ」

バス停から居酒屋までの車中、原は声をひそめた。立ち見の客が出て申し訳ないと。

「あの二階は六十人入るんだ。五十人ぐらいが丁度いいんだけど、七十五人くるんだ。断ったけどどうにもならなかった。初めての人もけっこうくるし、ホント申し訳ない」

二千人の会場でやったこともあれば、限定十人の会もあった。まだ見習いの池袋演芸場では、客がいないところでやった。そして客がきた途端に下ろされた。だから客席がどうあろうと驚かないが、やり甲斐があることは確かだ。会場入りし、靴が下足箱からあふれているのを見て、珍しくブルッと身震いした。

何とか客を収めた原が額に汗を浮かべ、そろそろ時間だと開演を告げにきた。

「原さん、よくここまでこぎつけてくれました。色々言うやつもいたでしょうに」

「一度もきたことないやつが何かあったら責任持てますかなんて言いやがってさ、おととい来やがれって言ってやったよ」

「そう、糞くらえだよね」

原がＣＤデッキのスイッチをオンにし、出囃子が流れた。

顔を出した途端にドカンとウケた。成功だ。マスクを付けて出たのは正解だった。ブランクが何だ。感覚は少しも衰えてないじゃないか。正座をし、頭を下げ、顔を上げて場内を見渡した時、拍手と笑いが最高潮に達した。

「懐かしいでしょこのマスク。そう、アベノマスクだ。いやあ、とんだ無駄使いをしたもんだ安倍さんも。でも取っといてよかったよ、こうして役に立つんだから」

おばさんが隣の人を叩きながら、こちらを指差し笑っている。

「おかしいかい、二つ付けちゃ。もしかして知らないの？　これ二つでセットなんだぜ。一つが鼻用でもう一つが口用。だからあえて小さめに作ってあるんだよ。家に残ってたらこうして使うこと」

アベノマスクの正しい使用法を伝授したが、まだ場内の笑いは絶えない。もういいだろう。マクラに使えることが分かれば十分だ。二つのマスクを懐にしまう。

「さあこれが素顔だ。老けたし痩せたろう。そりゃそうだ、仕事がなくて栄養失調寸前だったんだから。こっちから送ってもらうリンゴやオヤキが命綱だった。ありがとうよ」

やんやの拍手だ。どうだ、ヨイショも抜かりはない。

「オレ、ここん家の鯉の洗いが好きなんだ。打ち上げに出るんだろうね。あとはオタグリの煮込みでもありゃいいよ。安上がりだろ」

酒の肴から酒の小咄をいくつかやり、打ち上げできっと話題になるであろう『らくだ』に入った。二席目は、まあ成り行きだ。


終演後も盛り上がった。と言うより忙しかった。打ち上げともなれば客が二階宴会場に収まるはずもなく、一階も解放され、テーブル席もカウンターも客で埋まり、カウンター内に入り、店主夫婦を手伝いつつ飲む客もいた。

あちこちから声がかかり、一階と二階を何度も往復した。疲れるが、しかしこの喧騒を長く待っていたのだ。

「師匠、こっちこっち。さ、席を詰めろ。ここ座ってここ。紹介する。こいつ感激してるんだ。ぜひ礼を言いたいってんだ。聞いてやってよ」

見ると五十前だろうか、ヨレヨレのスーツを着た男が目をしばたたかせている。

「二席目の『井戸《いど》の茶碗《ちゃわん》』ですか。あれいいです。悪いやつが一人も出てこない。しかもカネがドンドン増えてって縁起がいい」

「それは何よりです。みんなに元気を出してもらいたいからね。屑屋つながりってのもいいでしょ」

「へっ？」

「『らくだ』も『井戸の茶碗』も主人公は屑屋で――」

「ああ、ああ、そう言えば――」

「何だい頼りねえな、気づかなかったのかよ。師匠、こいつね、信金勤めでこの二年、そりゃあ苦労したんですよ」

「最初の自粛は今にして思えば可愛いもんでした。田舎ですからね、自粛と言われても年寄りはどうしていいか分かんなくて、信金に遊びに来ちゃうんですよ」

ニュースで見た覚えがある。三密などと言われ、濃厚接触が禁じられていると言っても老人は理解せず、職員が対応に苦慮しているという内容だった。

「少し離れて対応すると、耳の遠い人もいますから冷たいだの薄情だの言われ、しまいには預金引き上げるぞですから往生しました」

「馴染みの人と距離を置くってつらいよね」

「そうなんです、したくてやってるわけじゃないんです。でもそれは序の口でした。第二波はリーマンショックなんて屁ですよ。恐慌です、大恐慌。ホントにみんな切羽詰まって預金を引き上げたんです。ありとあらゆる産業がやられ、失業者があふれ、息子や娘、孫のためでしょう、定期の解約が相次ぎました。我が信金が生き残ったのは奇跡です。そこへ『井戸の茶碗』でしょ、みんないい人でおまけにカネが増えて、カネが増えて――」

とうとう信金職員は泣き出した。そこへ今度は二階から声がかかる。アイヨと階段を駆け上がる。

「師匠、見てやってよ、こいつ『らくだ』、屑屋の久蔵。もう酔っ払ってて、しかも酒癖が悪い」

「だ、だ、誰が酔っ払ってるってんだよ」

「ほらね」

「ホントだ、あと三十分もすると楽しみだね」

「ダメだよ師匠、焚き付けちゃ」

ドッと笑いが起き、あちこちの席でもそれぞれの笑いが弾ける。クーラーを入れてもいいくらいに宴会場の温度が上昇し、客の上気した赤ら顔がそこここにある。これだ、これなんだ。落語会の打ち上げはこうでなきゃいけない。

原と二人、バーにいた。いつも二人だけで二次会をする店だ。鄙《ひな》には稀《まれ》なと言うが、まさしくそんなバーで、はしゃぐ客がなく、ほどほどに席が埋まってもひっそりしていた。

「奇跡だね、この店」

「ほんの一部のセレブが支えてるんだ。オレは違うけどね」

そんな会話を交わしながら、アロワナが優雅に泳ぐ水槽の正面のカウンター席に腰を下ろす。マスターが静かにニコやかに接近した。

「けっこうな会でした。打ち上げに参加できずごめんなさい。でも打ち上げはずいぶん盛り上がったとか」

原がなぜそれをという表情をすると、マスターがボックス席に目を移した。見ると、品のいい夫妻の夫の方が、小さく片手を上げた。覚えている。打ち上げで悪ノリするでなくシラけるでなく、終始ニコニコしてた二人だ。挨拶に?と問うと、原は、いや大袈裟なことを嫌う人だからと言い、二人でそちらに軽く頭を下げた。

マスターが、さてご注文はという表情で微笑んでいる。原がいつものスコッチ、ロックでと言い、こっちもと合わせた。ああ、このやりとりも前と同じだ。

お代わりをしたところで、原が封筒を差し出した。

「些少ですが今回の分。これまた些少ですが、大入りの分が上乗せしてあります」

押し戴き、胸の内ポケットへしまい、言ってみた。

「来年ですが、ちょっと遅く、晩秋にやりませんか。リンゴの収穫や出荷があるのは分かってますが、そうすると初冬が近く、冬の噺ができるんです」

原の目の色が明らかに変わった。

「仕事は調整する。よし、晩秋で決まりだ。さて冬の噺だが、師匠、何やってくれる？」

迷うことなく『ねずみ穴』と答えた。

その時、原が強く手を握ってきた。

「そう『ねずみ穴』、『ねずみ穴』だよ。そうこなくちゃ。そうか、七代目《しちだいめ》譲りの『ねずみ穴』がついに聴けるのか。ありがとう、ありがとう」

『芝浜』の方がポピュラリティーは高いだろうが、『ねずみ穴』が断然好きだと二人は言い合い、原が七代目に惚れたのも『ねずみ穴』がきっかけだと判明した。

「長野市の独演会だった。信州は縦に長いから移動も長かったよ。だけどはるばる行った甲斐はあった。高二の時で、いやあの『ねずみ穴』はガツンときたなあ。感激して、それから新宿に通うようになったんだ」

新宿とは末広亭と紀伊國屋ホールのことだとすぐに分かった。原の方が一つ年上だが、同じ頃に『ねずみ穴』とそれを演じる人に惚れ、ともに新宿を目指したのだ。

ずいぶん飲んだから酔いもあったろうが、それから原の告白のようなことを聞き、大きな衝撃を受けるのだが、現実のようでもあるし、夢だと言われればそうとも思えるのだが、帰りのバスに何とか乗り、アルコールが少しずつ抜けるに連れ、明け方までのことが甦ってきた。

誰かのノックで起こされ、肩を借りてホテルを出て、バスに押し込まれた。後にそれは原の息子だと判明するのだが、それは原のメールによってだった。息子を差し向ける旨が書いてあり、こう続いた。

「言わぬつもりのことを言ってしまった。忘れてくれ。記憶が曖昧なことを祈る」

忘れるものかよ。もしかしたら兄弟子だったかもしれない人の言ったことを、どうして忘れられようか。


原は果樹園の一人息子に生まれた。果樹園は祖父母が一代で築き上げたもので、原がもの心ついた頃、父母は祖父母を手伝う形だった。祖父は原を可愛がり、いつも果樹園へ連れて行き、それは父母にも原に目が届くという利点があった。

原は小学校高学年から果樹園を手伝うようになり、中学生の頃には立派な労働力となった。両親や祖父母に跡取りができてよかったねなどと声がかかり、原はそれをテレくさくも誇らしく聞いた。

農業高校に入学が決まった頃、原に異変が起こった。一人の落語家に魅入られてしまったのだ。テレビの司会等で存在は知っていたが、落語の実力に眼を瞠り、ナマに接したいと思い、こっそり新宿通いを始めた。すでに一人前の働きをしていたので、小遣いに不自由はしなかった。

新宿はもちろん、信州での公演は欠かさず、時に名古屋や大阪にも足を伸ばした。果樹園はその頃には父母の代になっており、両親は原の頻繁な外出を、遊びたい盛りだからと大目に見て、それが徐々に原を苦しめるようになる。

「で、ついに会ったわけさ」

誰にと聞く必要はなかった。それを原が言い出したのがバーであったか、朝までやってるラーメン屋だったかは判然としない。しかし、言葉はハッキリ耳に残っている。

「さすがだね。『オレを選んだセンスは褒めてやる』と七代目は言ったよ」

分かる。似たようなことを言われた。

「末広亭の裏っ手二階に『楽屋』という名の喫茶店があるよね。あそこだった。履歴書持参なんて頭はないし、そしたらあの人は質問に答えろと言ったね」

まず聞かれるのは親のことだ。賛成か反対か。仕送り能力があるかということだ。

「いきなり暗礁に乗り上げたよ。カネに余裕があったとしても賛成するはずがねえんだ」

重い言葉だった。原は祖父母の代から続く果樹園の一人息子、跡取りなのだ。

「そうか、長男で一人っ子か。諦めな」

「えっ?」

「この後の段階は親との面談だ。でＯＫとなって初めて弟子なんだ。親が反対している。したがって親は面談にこない。弟子入り不成立だ。オレの言ってる意味、分かるか?」

「――」

「反対を押し切って入門する。売れりゃいいが、そんなことは誰にも分からない。意思を押し通して弟子んなる。モノにならなかった場合はどうだ、何人不幸になる? まずオレが不幸だ」

原は、オレが不幸だには参ったよと言った。

「そうだよな。弟子がモノにならねえ、売れねえってのは師匠の不幸だもんな」

原はしばし落ち込んだようだったが、大勢を立て直した。

「で、七代目が家出同然で出てきたんだろと言うんだ。はい、一ヶ月ぐらいは粘るつもりで有りガネ全部を持ってきましたと言ったら、明日家にこいときたんで面食らったよ」

えっ、どういうこと？　弟子入りを断られたのではなかったか。

「あの、家ってどちらの？って聞いたよ。ほら、七代目は当時、別のマンションを書斎にしてたろ」

そうか、原は家族と住むマンションと他のマンションも調べていたのか。

「家族との方だとニヤリとしながら七代目は言ったね。オレ、その時もしかしたら弟子にしてくれるんじゃねえかと思ったよ」

原がそう思うのも無理はない。話の流れはそうだ。

「行ったよ。丁度家族に送られて出てくるところでね。七代目は、坊やタクシーを拾いなと言った」

タクシーを拾いなで思い出した。まだバーにいる時、この話を聞いたんだ。バーが看板になり、タクシーを呼ぼうとしたが、行き先が近いと分かり、歩きながら話し、ラーメン屋になだれ込んだのだ。

「タクシーに乗り込み、行く先を告げた後、七代目が言ったんだ。三日だけ弟子にしてやるって」

三日、それ三日間てこと？

「そうなんだ、三日間限定なんだ。七代目はオレの目を見て言ったね。状況的に弟子入りは無理だ。可能性はない。でもキミは未練だろう。家出同然に出てきてるわけだから。だから三日間なんだ。三日間だけオレの弟子を務めろ」

すげえ。三日間の弟子だ。オレの兄弟子じゃないか。いや違う、兄弟子みたいなもんか。そう、兄弟子のようなものってやつだ。オヤジ、焼酎ロックをお代わり。それとメンマ。

「初日は公開録画で、下町の公会堂へ行った。七代目は当時、歌番組の司会をしてたんだよな。オレは売れっ子歌手を何人も見てポウッとしちまったよ。七代目がフォーリーブスの連中と親しげに話をしてたのが印象に残ってる」

そうか、原はあの番組の現場に同道したのか。プロデューサー、ディレクター、ゲスト、ゲストに付いてくるマネージャーに付き人、衣装やメイクもいるから、そのごった返す様にさぞ驚いたことだろう。

「ただオロオロと見てたよ。いややることはないんだ。ああいうところはアシスタントみたいな人が大勢いてみんなやってくれるんだ、ティッシュを渡したり、飲み物を持ってくぐらいでさ。で、二日目が寄席だった」

おお、いよいよ寄席デビューか。

「驚いた。オレは何にも知らなかった。浅草演芸ホールと鈴本演芸場の掛け持ちだったんだが、知ってる芸人はわずかで、ほとんどが未知の落語家だった。色物となると絶望的で誰が誰やら。七代目が、どうだ、おまえの知識はこんなものだと言ってるように思えたね」

原さん、それは仕方がないよ。長く寄席に通い詰め、その中からこの人をとなるならいざ知らず、今で言うオッカケはそうなるよ。何しろその人しか眼中にないわけだから。

「前座さんに教えてもらってお茶は出せたけど、着替えを手伝えなかったのは悔しかったな。着換えは順番からあるんだね。その順番も人によって違うし、一番驚いたのは、羽織の襟を折って着せるところだったね」

打ちのめされるのもよく分かる。そりゃ最初は誰だってできないよ。見習いってぐらいで見て習い、兄弟子に手取り足取り教わって、それでも失敗《しくじ》るものなんだ。角帯の端を縦に折って差し出す時なんざ、手が震えたもんさ。

「三日目、最終日の仕事は対談だった。夕方からでね、誰でも知ってる月刊誌の名物対談で、ホストが吉行淳之介、ゲストが七代目というわけさ」

えっ、あの対談の席にいたのかよ。高三のとき読んだよそれ。

「オレ、恥ずかしいことに作家が上で、落語家はその下だと思ってた。ところが七代目は違うんだよな。友だちのように話しかけて臆するところがまったくないんだ。吉行さんもそれを喜ぶ風情があってね、対談は盛り上がったんだ」

原さん、あんたよく見てる。そう、あの人は誰とでも対等なんだ。目を見て堂々と褒めるし、あの小説は感心しなかったなんて平気で言うんだ。それで相手は信用するんだね。ところで対談のテーマは何？　オレ忘れかけてる。

「吉行さんの得意分野でね、赤線や青線の話さ。七代目が若き日に新宿で酷い目にあった話をすると、吉行さんは、キミは若いな、ああいうところは酷い目にあわされ、それを味わうところなんだと言ってね、結局は廓噺の『カネつかって神経痛めてりゃ世話はねえ』というところに落ちついて、二人は笑ってたよ。でも七代目は、あのとき親切にしてもらえたら女性観が変わってたかもしれないとけっこう未練でね――」

思い出した。高校生には無理だったが、後年読み返したんだ。そうだ、そんな話だったよ。

「カメラマンと速記者が帰り、吉行さんと七代目、編集者で軽く飲《や》ろうということになって、現場が日比谷のホテルだったから、銀座はすぐそこだろ。七代目が吉行さんと編集者をオレの本拠地《フランチャイズ》へお連れすると誘ってね、歩き出したんだ」

で、どうしたの原さん。ついてったの？

「まだ帰れと言われてないからね。で店の前で礼を言って帰ろうとしたら、入れと言うんだ」

何ィ原さん、あのMへの階段を下りたのか？　弟子は普通、許しが出るまで路上で待ってたもんだぜ。

「カウンターへと目で促され、水割りを一杯だけ飲んでけと言うんだ。ボックス席には田辺茂一さんが来てて、そこへ吉行さんが合流したもんだから、賑やかなのなんのって」

よかったな原さん、田辺先生にも会えたのか。

「マスターが水割りを置いてね。昨晩聞いたよ、跡取りなんだってね。そう言って少し黙って、落語が好きでも演るばかりが能じゃないよと言ったんだ」

ひゃあ。マスター、いいこと言うじゃないか。ああ、マスター、原さんにも親切にしてくれたんだね。

「そりゃもう少し居たいよ。銀座や文壇の話は面白いし、連発される田辺さんのダジャレももっと聞きたいけど、ほどってものがあるよね。で、スツールから降りたんだ」

ほどかあ。うん、あるよねほどって。

「そしたら七代目がきてくれてね。ほら階段下のトイレの横、あそこへね」

ある。あった。かつてトイレは隣の店との共用で、踊り場と言うには狭いあの空間だ。よく知ってるよ。

「今で言う壁ドンをして七代目が言うんだ。この三日間には自信がない。かえってキミの未練を募らせたかもしれない。ただ、望んだ者のすべてが落語家になれるわけじゃないということは分かってもらいたいんだ。この三日間のことは胸にしまっとけ。いいか、果樹園を大きくしろよ。果物を丹精しろよ。そう言われたら、なんだか胸がスっとしてね、階段をトン、トン、トーンと駆け上がったんだ」

原さん、よかったね、吹っ切れたんだ。いや、吹っ切ったんだ。しかし果物を丹精しろはいいフレーズだ。あの人の殺し文句はたまらねえな。で原さんは今も丹精しているわけだ。その丹精したものを送ってくれると——。ハッキリと思い出した。ラーメン屋だ。丹精しろを聞いて原さんとハグしたんだ。背中をバンバン叩き合い、原さんのその手の感触が背中に残っているから、これは確かなことだ。で、ラーメンは食ったのか食わなかったのか。

双葉サービスエリアで水を二本買い、バスに戻り、空いているので座席を替わっていいかとドライバーに問うとＯＫが出て、最後部に移動した。ここなら安心、隣がトイレで、何しろ重度の二日酔いは何が起こるか分からないのだ。

はて諏訪湖はもう通り過ぎたのか。正面にドーンと富士山が聳える地点があるが、それも通り過ぎたのか。これからなのか。どうも頭がいまひとつ回らない。

兄弟子だったかもしれない。なぜ今それを言う。だから酒の上と言ったじゃないか。そう、それもこれも酒の上のことでございます。落語は上手いことを言う。原さんは落語を知ってるから始末に悪い。それじゃしょうがないよね。

しかし原さんは七代目を何回繰り返したのか。芸名を言わず、七代目とだけ言う。他の人には言わないし、それで互いに通じるし、シチダイメという語呂も気に入ってるのだろう。それにしても連発だったなあ。耳に残るぜ。

その七代目はなぜ我らに、かつてこういう弟子入り志願がいたと語らなかったのか。原さんが作り話をするはずもなく、まして七代目は抜群の記憶力の持ち主だ。まさか、忘れてしまったのか。大勢入り、大勢やめてった一門ではある。マメなやつが調べて七十数人入り、二十数人が残ったと言ってたが。いやいや七代目が忘れるはずがないのだ。

でも七代目は弟子にそれを語らずに死んでしまった。もう十年だ。いや十一年、来年は十二年で十三回忌ではないか。何かイベントをと思うが頭が重く、いい知恵が浮かばない。寝よう。いや富士山は見たい。うつらうつらしつつ、途中二つ三つのメールのやりとりをし、バスタ新宿に着いた。

弟子が待っていた。おう、迎えにきてくれたのか、ご苦労さん。弟子にカバンを渡しながら、この男もコロナ禍を生き抜く一人かと思う。

「カバンをベンチに置き、スマホを」

「はい、出しました」

「今回の仕事だが、来年も呼んでもらえる。ついちゃあ次回から前座を使うことになった。主催者がトシで、キツいんだとよ。○月×日、スケジュールに入れておけ」

「入れました」

「昨晩の会な、久々だったから客が興奮して盛んにツイートしたらしいんだ。そしたら食いついてきた地域寄席があってな、まあみんな待ってたんだな。その壊滅状態の生き残りが頼んできたんだ。それも来月だ。一つが茨城の笠間。ほらおまえ、入門した年に行っただろ、あそこだ。それから始まった途端にストップした駒込だ。そう、山手線の。前者が○月×日、後者が○月×日、入れたか」

「はい、入れました」

「どうだ、いっぺんに仕事が三本入ったんだ。喜べ」

そう言ったら、前座の顔がクシャッと歪んだように見えたが、気のせいだろう。新宿駅南口につながる青梅街道の横断歩道を、師弟は無言で渡った。

初出　『三日間の弟子』は『東京かわら版』（二〇二〇年六月号）掲載を加筆・修正したものです。

立川談四楼（たてかわ・だんしろう）

1951年　群馬県生まれ
1970年　県立太田高校卒業 立川談志に入門 前座名 寸志
1975年　二ツ目に昇進 談四楼を名乗る
1980年　第9回NHK新人落語コンクール優秀賞受賞
1983年　真打昇進試験を巡り談志一門落語協会を脱退
落語立川流を旗揚げ同時に立川流第1期真打となる
試験脱退の顛末を処女小説『屈折十三年』にまとめ文壇デビュー
1990年　文藝春秋より小説集『シャレのち曇り』を発刊 話題となる
以降落語活動と並行してTVラジオの出演 講演会等のほか
新聞 雑誌にエッセイやコラムを書き続けている

著書に小説『石油ポンプの女』『ファイティング寿限無』『師匠！』『一回こっくり』『恋文横丁八祥亭』『文字助のはなし』など、コラム『声に出して笑える日本語』シリーズはロングセラーである。

七人の弟子

2024年12月12日　第一刷発行

著者　立川談四楼
装幀　鳴田小夜子（KOGUMA OFFICE）
装画　高橋将貴
発行者　小柳学
発行所　株式会社左右社
〒151-0051 東京都渋谷区千駄ヶ谷3丁目55-12 B1
TEL：03-5786-6030　FAX：03-5786-6032
https://www.sayusha.com
印刷・製本　創栄図書印刷株式会社

ISBN 978-4-86528-438-6